. 하늘나라에서 온 .

언니의 편지

하늘나라에서 온 언니의 편지

가시 없는 장미, 이젠 꽃 피울 수 있기를

김보림 지음

"너와 언제나 함께하는 언니로서 있고 싶다"

언니는 지금 하늘나라로 갔지만 30여 년 전 일본 유학 중 보내온 편지 글처럼

여전히 내 곁에서 힘내라고 다독이고 있음을 믿습니다.

좋은땅

너희 안에서 행하시는 이는 하나님이시니 자기의 기쁘신 뜻을
위하여 너희에게 소원을 두고 행하게 하시리니
- 빌립보서 2:13

이 책을 나의 사랑하는 언니 김다인에게 바칩니다.

프롤로그

눈이 너무 커다랗고 맑아서 멀리서 보아도 눈에 띄는 한 어린 소녀가 있었습니다.

이 소녀는 자기보다도 3살 어린 여동생의 파수꾼처럼 여동생을 괴롭히는 사람들을 모두 혼내 주었습니다.

"아저씨가 내 동생 오토바이로 살짝 쳤잖아요."

부모님이 계심에도 늘 여동생의 보호자를 자처한 이 소녀는 자기보다 몇 배 큰 아저씨를 혼쭐내고 있었습니다.

그런데 이렇게 여동생을 사랑하는 이 소녀는 여동생의 잘못에는 단호했습니다.

어린 여동생이 건어물 집에서 호두 한 알을 그저 이쁘다고 생각하여 호주머니에 넣어 주인아주머니한테 말도 안 하고 가져왔는데 그 어린 여동생의 손을 잡고 굳이 그 건어물 집으로 찾아갑니다.

"잘못했다고 빨리 말해. 바늘도둑이 소도둑 되는 거야."

이를 본 건어물 집 아주머니는 그저 껄껄 웃으며 두 어린 아가씨들이 귀엽다고 오히려 호두를 한 봉지 쥐여 주었습니다.

그 소녀는 어린 여동생에게 책도 읽어 주고, 여동생을 괴롭히는 학급 친구를 혼내 주며, 반장 선거에 나가는 여동생의 선거 유세글도 직접 써 줍니다. 곱하기, 나누기를 영 못하지만 친구랑 놀기 좋아하는 여동생의 친구들을 집에서 내쫓고 직접 여동생의 선생님 역할을 자처합니다.

엄하지만 뭐든지 척척 해 주는 언니가 여동생은 너무 좋습니다. 아직 어리지만 여동생은 언니의 사랑을 온몸으로 느꼈을 것입니다.

소녀는 세상의 모진 풍파로부터 어린 여동생을 지켜 주는 큰 우산이었음이 분명합니다.

나의 큰 우산이었던 언니, 김다인(1974.4)
(좌로부터 어머니, 나, 언니)

　나의 큰 우산이었던 언니가 2023년 햇살이 너무나 따사로웠던 5월의 어느 날, 하늘나라로 갔습니다.

　언니는 타인의 고통에 진심으로 아파하며 눈물 흘리는 사람이었습니다. 누구보다 타인을 배려하고 사랑을 주고자 한 자랑스러운 언니였습니다. 언니는 타인으로 인해 상처받으면서도 세상은 더없이 긍정적이고 따뜻한 시선으로 바라보는 사람이었습니다. 웃음이 많고, 남을 기분 좋게 웃기는 장난도 좋아하는 순수한 사람이자 내가 세상을 살면서 본 많은 사람들 중에 자존감이 가장 높은 사람이었습니다.

　그것은 순수한 지식욕을 추구하면서 거짓을 그 누구보다 싫어하고, 진실함을 찾는 사람이었기 때문입니다. 그런 훌륭하고 멋진 언니의 여동생으로서 산 것은 너무나 행운이었습니다.

　언니는 어릴 때부터 책과 함께 있는 것을 좋아했습니다. 손에는 꼭 책을 붙들고 있었고, 어머니는 책을 사 주기 바빴습니다. 나는 언니의 그런 모습에 아마도 많은 영향을 받은 것 같습니다. 책을 읽는 것이 집에서 당연히 해야 하는 일이었기 때문입니다. 언니와의 대화는 즐거웠고, 때론 어린 내게 어려웠습니다.

언니의 외모는 지적인 정신을 추구하는 면과 달리 세련되고 화려하였으며, 자신을 꾸밀 줄 알아 매력적이었습니다. 이 또한 나에게는 친구들에게 자랑거리였습니다. 친구들이 이쁜 언니를 보기 위해 집에 놀러 올 정도였습니다.

또한 언니는 교회를 열심히 다니고, 성실한 기독교인이었습니다. 어릴 때부터 식사하기 전에, 그리고 잠들기 전에 꼭 눈을 감고 두 손을 모으고 기도하는 언니였습니다. 기독교인으로서 늘 정직하게 살기를 원했고 어려운 것을 늘 하나님께 고하였습니다. 그리고 교회에서 사람들을 만나는 것을 즐기고 좋아했습니다.

언니는 인간관계, 즉 타인이라 일컫는 사람들 속에서 상처받기 쉬웠지만, 끊임없는 인간에 대한 믿음을 가지고 있었습니다. 상처받으면서도 '더불어 살아야 한다'는 인식을 그 누구보다도 가지고 있었던 것 같습니다. 그래서 언니는 친구들을 만나기 좋아하고 그들을 사랑하였습니다. 그러나 그럼에도 불구하고 절대로 거짓과 스스로를 부끄러워해야 할 사람들과는 타협하는 법이 없었습니다.

언니는 내적인 것을 끊임없이 갈구하다가도 사람들과 대화하는 것을 좋아했습니다. 나는 부끄러움이 많은 아이였지만, 언니 덕분에 외향적인 부분과 '인간'에 대한 배려를 배웠습니다.

하늘나라에서 온 언니의 편지

나의 언니는 늘 작가가 되고 싶어 했습니다. 일찍 영면하지 않았다면 훌륭한 작가가 되었을 것이라고 생각합니다. 언니는 나의 인생의 지원자, 단짝 친구, 고집쟁이 나를 혼낼 수 있었던 유일한 사람이었습니다.

언니는 1990년부터 8년간 일본에서 유학 생활을 하였습니다. 그곳에서 외로울 때면 유일한 동생이었던 내게 편지를 보내곤 하였습니다. 나 역시 언니에게 답장을 쓰는 것이 낙이었고요. 언니의 편지를 하나도 버리지 않고 모아 두기를 잘했습니다. 언니가 썼던 글을 이제 세상에 공개하려고 합니다. 언니의 삶 동안 지녔던 꿈, 믿음, 소망 그리고 가족에 대한 애틋했던 사랑을 이 책이 말해 줄 수 있다면 너무나 다행일 것입니다.

이렇게 멋지고 글도 잘 쓰는 특별했던 언니가 유학 생활을 하며 나에게 썼던 글들을 볼 때면 언니의 글씨체만 보아도 눈물이 흐릅니다. 편지글은 모두 언니가 일본에서 유학 생활을 하던 중에 내게 쓴 손 편지글입니다.

언니의 8년간의 일본 유학 생활은 언니 스스로도 20대의 열정을 쏟아붓는 시기였고, 세상의 많은 것들을 보고, 사색하기를 원했습니다. 나 역시 대학 입학과 전공의 선택, 유학 등 많은 결정을 앞두고 있었던 시기였습니다. 언니는 일본인보다 더 원어민 같다는 표현을 들을 정도로 일본어에 능통했고, 일본 사회의 장단점을 냉철하게 분석해 내고 있어 내가 한일 역사 교육을 전공으로 삼아 연구자가 되는 데 지대한 역할을 하였습니다.

프롤로그

언니는 때론 강한 어조로 나를 몰아칩니다. 하늘의 별을 직시하는 것처럼 목표를 향해 나아가라고 말이지요. 그 결과 나는 서울대학교에 입학하였고, 일본으로 교환유학을 갈 수 있었으며 결국 교수가 되었습니다. 이처럼 언니는 내 삶의 멘토였습니다.

언니는 강했습니다. 장미처럼. 그러나 가시가 없어 누군가를 상처 주고 아프게 하는 일을 가장 힘들어했습니다. 자신은 늘 외로움과 고독에 힘들어했으나, 그 누구보다 많은 사랑을 간직한 사람이었습니다.

언니는 여러 번 내게 언니의 인생에서 가장 행복했던 때는 나와 함께 일본에서 유학을 함께할 수 있었던 1년(1995~1996)의 시기였다고 했습니다. 언니는 도쿄의 코엔지라는 곳에서 살았고 나는 그로부터 1시간 남짓 떨어진 쯔쿠바라는 곳에서 살았기에 일주일에 한 번 만나 함께 만들어 먹는 샤브샤브는 정말 맛있었습니다. 코엔지의 거리에서 언니와 함께 팔짱을 끼고 마트에 들러 식료품들을 사고, 디저트 가게에서 이쁜 조각 케이크를 샀던, 소소하지만 행복했던 시간들이 나에게도 알알이 너무나 소중한 기억으로 남아 있습니다.

언니의 글을 정리하는 작업은 눈물 때문에 수십 번이나 멈춰졌고,

하늘나라에서 온 언니의 편지

그날은 작업을 계속할 수 없을 지경이었습니다. 그러나 슬픔만 내게 남긴 작업은 아니었습니다. 그땐 몰랐을지도 모르는 언니의 글 하나하나 놓치지 않고 직접 컴퓨터로 담아내며 언니의 마음을 읽을 수 있어 기뻤습니다. 마치 하늘나라에서 언니가 보내오는 편지 같았습니다.

이 작업이 아니었다면 언니가 내게 해 주고 싶었던 삶의 덕담들이 잊혔을지도 모릅니다. 나는 언니의 글을 통해 지금도 용기를 얻습니다. 언니가 지금도 내게 힘내라고 다독거려 주고 있음을 믿습니다.

하늘나라에 있는 언니에게 보내는 여동생의 편지1

사랑하는 언니에게.

언니, 언니의 글들을 읽으려니 눈물이 자꾸 흘러서 몇 달간은 읽을 수가 없었어. 너무 마음이 아파서… 언니가 너무 보고 싶어서 매일매일 언니의 글을 읽기 위한 용기가 필요했어.

마음을 추스르고 언니가 가장 하고 싶었던 일을 이제야 언니를 대신해서 하고자 해.

언니의 예쁘고 고운 마음을 내가 대신할 수 있을까 걱정이 앞서지만, 언니의 작가라는 꿈을 이룰 수만 있다면 염치 불구하고 언니의 글을 이제 세상으로 내보내려고 해.

언니가 하늘나라로 가면서 내게 해 주고 싶은 말들이 많았을 텐데, 언니가 쓴 옛 편지들을 읽으니 언니가 마치 하늘나라에서 지금 내게 이야기해 주는 것 같은 느낌을 받아.

언니한테는 고마운 게 너무 많아.

언니의 글을 다시 읽는 과정은 내게 행복이었어. 언니가 '보림아, 힘내…'라고 속삭이는 것 같았어. 언니가 내게 준 사랑이, 언니의 글 속에 너무 많아 내가 받은 사랑이 얼마나 큰 것인지 다시 느낄 수 있었어. 언니는 내 자존감의 원천이고 내 사랑의 기둥이야.

언니가 이리도 외로워하고 힘들어할 때, 나는 무엇을 했을까…. 언니는 내 존재만으로도 힘을 얻었다 했는데, 나는 언니에게 아무것도 해 준 게 없는 거 같은데…. 무엇이든 주고 싶어 했던 속 깊은 언니를, 많은 사람들의 사랑을 갈망했고, 실제로 많은 사람들이 언니를 사랑했을진대….

언니 덕분에 일본에서 공부를 했고, 지금의 내가 있을 수 있어 고마워. 내가 옷을 뭘 살지 고민할 때 언니는 언니 특유의 세련된 감각으로 쉽게 결정해 주었지. "바보야. 이것도 못 골라. 이게 훨씬 이쁘잖아."라고 하면서…. 이제 난 방향을 잃었어. 선택장애에 감각이 없는 나는 늘 뭘 살지 고민만 하고 있어.

언니는 늘 진실된 삶을 너무나 원했고 간절했었어. 언니는 늘 진실을 위해 싸웠지. 보수적이고 고루하다 할 정도로 언니는 거짓을 싫어했지.

언니는 그 누구보다도 강한 사람이었어. 목에서, 발에서, 약한 핏줄에서 피를 뽑는 주삿바늘에도 언니는 정신을 놓지 않았어. 난 언니처럼 강할 수 있을까 늘 생각했어.

언니는 정도 많고, 눈물도 많고, 지적인 언니였어. 언니, 천국에서 주님과 함께 행복해야 해.

나를 지켜봐 줘. Peace.

2023. 12. 24.

언니가 너무나 그리운 동생 보름이로부터

하늘나라에서 온 언니의 편지

하늘나라에 있는 언니에게 보내는 여동생의 편지2

사랑하는 언니에게.

새해가 밝았다.

엄마가 어제 언니가 꿈에 나타났다고, 하늘나라가 춥지는 않은지 아침부터 걱정이시네.

송구영신 예배를 드리고 막 집에 왔어.

2023년 새해 아침은 언니와 함께였었는데 2024년의 새해에는 언니의 손을 잡고 기도를 할 수가 없네. 오늘 말씀 하나를 들었는데 "너의 치유가 급속하고 네 뒤에서 하나님께서 호위하신다"고.

언니가 하늘나라에 간 후에 내 뒤에 아무도 없는 그러한 느낌을 하나님께서 채워 주시기에 감사함이 넘치는 구절이었어.

이제부터 5월까지는 언니가 없이 지나가는 날들로서 처음인 것들이 많을 거 같아. 그다음에는 익숙해질까?

아니, 더더더더 그리울 거야. 언니를 영원히… 내 영혼과 가슴과 마음속에서 잊지 않을 거야.

춥지 말고, 아프지 말고
천사들과 행복한 새해 맞기를.

언니, 가끔은 내 꿈속에도 나타나 줘. 많이 보고 싶어서.

2024. 1. 1.

언니의 동생이…

하늘나라에서 온 언니의 편지

하늘나라에 있는 큰딸에게 보내는 어머니의 편지

사랑하는 장녀딸, 눈에 넣어도 아프지 않을 이쁜 딸아,

이 글을 쓰려니 눈물이 앞을 가리는구나.

하늘나라에선 춥지 않니. 엄마가 추워도 해 줄 수 있는 게 없으니 이렇게 매일 하나님께 기도하며 너를 잘 지켜 주시길 밤마다 눈물로 지새운다.

왜 나의 사랑하는 딸을 그리도 빨리 하나님 곁으로 데리고 가셨는지 나는 자주 하나님께 묻곤 한단다. 아마도 네가 너무 착하고 선해서 고통 많은 이 세상보다 천국에서 행복하기를 바라시는 것은 아닐지. 너는 비록 하늘나라에 있지만 네가 엄마를 그 누구보다 위하고, 동생을 사랑한 사실을 우리는 잊지 않으마.

사랑이 많은 내 딸아.

너를 내 품에 안았던 최초의 순간이 지금도 뚜렷하다. 너는 그렇게 내게 천사로 왔단다. 너의 현명함과 자상함, 정의롭게 세상을 바라보는 따뜻한 시선은 엄마의 크나큰 자랑이었다.

그러한 너를 기억하는 이 책이 너를 조금이라도 위로해 줄 수 있다면
좋겠구나.

네게 사랑한다는 말을
많이 못 해 주고,
네가 많이 자랑스럽다는 말도 원껏 하지 못하고,
많이 너를 따뜻하게 안아 주지 못한 게 너무 후회스럽구나.

잠깐의 이별이지만
우리 삼 모녀는 곧 또 천국에서
예수님과 함께 만나게 될 터이니
외롭지 않게 하늘나라에서
부디 즐겁고 건강하게 지내고 있으렴.

엄마가 많이 사랑한다는 사실을 영원히 잊지 말거라.

2024. 1. 1.

우리 장녀딸 다인이가 너무나도 보고 싶은 엄마가…

하늘나라에서 온 언니의 편지

가시 없는 장미, 김다인의 생애 연표

1969년 5월 19일 서울 서대문구에서 어머니 최경애 여사의 딸로 출생
　　　(2녀 중 장녀)

1972년 10월 여동생 보림이 어머니의 친정인 밀양에서 출생

1988년 해성국제컨벤션고등학교 졸업

1989년 롯데백화점 근무, 모델 업무 시작

1990년 도일(渡日), 동양 일본어 학교 입학

　　　미타까(三川) 기숙사 생활 시작 및 9살 일본 어린이 과외 아르바
　　　이트 시작

　　　미타까(三川) 기숙사 폐쇄로 길양사(吉洋舍) 기숙사로 이사

　　　길양사 기숙사에서 여성 3명이 합쳐 아파트 생활 시작

1991년 5월 태평양 일본어 학교 입학

1992년 3월 태평양 일본어 학교 졸업

1991년 4월 일본 문화여자대학교 미술대학 입학

1992년 8월 미국 여행

1993년 4월 일본 중앙대학교 독어독문학과 입학(1993년 3월~ 코엔지
　　　거주)

1994년 2월 파리와 독일 여행

1994년 7월 한 달간 독일에서 어학연수 및 유럽 여행

1995년 2월 한 달간 캐나다 어학연수

1995년 9월~1996년 8월 여동생 보림이 일본 교환유학생으로 쯔쿠바
　　　　대학교 방문

1998년 3월 일본 중앙대학교 독어독문학과 졸업

1999년 귀국. 비서직 시작

2000년 루푸스 발병

2009년 3월~2010년 2월 여동생 보림이 뉴욕의 콜롬비아 대학교 교환
　　　　교수로 떠남
　　　　어머니와 미국 여행

2013년 연세대학교 언론홍보대학원 입학

2022년 이름을 김다인으로 개명(개명 전 김형진)

2023년 5월 21일 새벽 2시 20분 영면

가시 없는 장미, 김다인의 프로필

- 키: 169cm
- 종교: 기독교
- 취미: 책 읽기, 사람들과 대화하기, 사색하기
- 특기: 일본어를 원어민처럼 말하고 쓰기, 옷을 모델처럼 입기, 인테리어
- 특징: 잠시 모델 일을 할 정도로 이쁘고, 날씬하고, 유머 감각이 있어 사람들에게 늘 매력적이었으나 정작 본인은 외로움을 많이 느끼는 듯했다.
- 좋아한 것: 맛있는 음식들, 온천, 일본 여행, 세계 여행, 예쁜 옷, 인테리어, 멋진 집, 지식을 배우는 것, 미술관 관람
- 인생에서 가장 중요하게 생각한 것: 어머니, 여동생, 기도, 진실
- 인생에서 가장 힘들었던 것: 외로움, 타인, 거짓
- 언니가 가장 좋아한 성경 구절: 마음을 같이하여 같은 사랑을 가지고 뜻을 합하며 한마음을 품어 아무 일에든지 다툼이나 허영으로 하지 말고 오직 겸손한 마음으로 각각 자기보다 남을 낫게 여기고 (빌립보서 2:2~3)

(언니는 약해 보였지만 신체적 고통에 누구보다 담대히 맞섰다. 정신을 가장 중요하게 생각한 언니였기에 신체적 고통쯤이야 이길 수 있는 것이라고 생각하는 듯했다.)

목차

1. 1980년대:
학창 시절의 자매

2. 1990년도:
일본으로 출발

3. 1991년도:
더 큰 꿈을 향해 나아가자. 태국 여행

4. 1992년도:
동생아, 언니는 꼭 성공할 거다. 미국 여행

5. 1993년도:
또 하나의 出發點에 지금 서 있다

1. 1980년대: 학창 시절의 자매

1) 김씨 가문의 혈통을 빛내 장하다! 아우야!

   사랑하는 나의 동생에게.

   너의 첫 번째 맞는 졸업을 진심으로 축하하며 중학교에 올라가서는 더욱 공부 잘하기를 하나님께 빈다. 김씨 가문의 혈통을 빛내 장하다!* 아우야!

1985. 2. 18.

너의 언니로부터-

언니의 실제 친필 편지(1985.2.18.)

---

* 국민학교(지금의 초등학교) 졸업식에서 나는 몇 가지의 우등상을 탔다. 언니와 3살 터울인 언니와 나는 중학교와 고등학교의 입학식과 졸업식을 같이 하였다. 언니 역시 중학교를 졸업하고 고등학교에 입학하는 상황이었는데, 언니는 동생에게 질투하기보다는 격려해 주고 진심으로 기뻐하는 언니였다. 언니의 중학교를 갓 졸업한 글씨체를 보니 감회가 새롭다.

               하늘나라에서 온 언니의 편지

2) 자그마한 기쁨과 환한 미소 한 자락으로

♡이제 18번째의 生日을 맞은 보림이에게.

해가 바뀌고 시간이 흐를수록 더욱 생각이 깊어지고 의젓한 보림이를 느낀다.

우리에게 다가오는 生의 무게를 아파하기보다 자그마한 기쁨과 환한 미소 한 자락으로 승화시키기 위해 노력하자.

생일, 언니가 진심으로 축하하련다.

1989. 11. 17. 언니. ♡

2. 1990년도:
일본으로 출발

1) 이 언니는 무슨 일이 있어도 꺾이지 않을 거야

사랑하는 동생 보림이에게…

사쿠라 꽃이 만개하는 이곳 일본의 봄이 무지 아름답게 느껴지는 구나.

하지만 어둡고 긴 터널을 통과해야만 하는 것의 일례처럼 아뜩한 느낌이 더욱 세차게 나를 부여잡고 놓아주지 않는다. 잘 있었니. 보림아.

언니가 없어도 여전히 무서운 자기 컨트롤을 하며 유지하고 있지?

풀어진 안개자락처럼 막막하게 느껴지는 한국으로부터의 거리감이 이곳이 일본이라는 사실을 인식하게 되기까지를 무척 힘들게 하고 있다.

하지만 기숙사 시설이 무척 훌륭하고 여기 함께 지내는 한국인들도 모두 뚜렷한 자신의 목적이 있고 착한 사람처럼 보인다.

이곳은 2층 건물로 모두 이층까지 있는데 일층의 열 개 정도의 방은 女子들이, 위층의 나머지 열 개의 방은 남자들이 쓰고 있다. 한국에서의 공중목욕탕만큼 크진 않아도 시설이 충분하고 넓은 목욕탕도 있고 식당시설도 꽤 크고 가격이 싸다. 아침과 저녁 두 끼를 사서 먹는데 아침은 250엔, 저녁은 조금 더 잘 나와 400엔이다. 무척 싼 편이라고 한다. 아마도 규칙적인 식사가 유지되는 편일 것 같아 건강엔 무리가 되지 않을 거 같구나.

참, 오늘은 언니가 아르바이트 자리를 얻었다. 여기에서 좀 떨어진 거리이긴 해도 프랑스 식당을 경영하는 여사장의 막내딸을 돌보는 아르바이트가 추천되어 오늘 가서 면접 보고 4월 1일부터 하게 됐다. 아이는 여자로 9살이라고 한다. 9살 먹은 아이를 굳이 맡길 필요가 있을까 여겨지기도 하지만 글쎄이니라 사람의 사고하는 영역이 무진장 큰 차이가 있으니 언니로서는 걱정이 되는 감이 있지만 부딪혀 보는 수밖에…. 주위의 같은 한국인들은 보수도 좋고 정말 좋은 일자리라고 하더라. 다 네가 기도해 주는 덕분 같다. 사랑하는 보림아, 지금은 어둠이 더욱 깊고 농밀하게 젖어들고 있는 새벽 1시경이다. 이 시간쯤 공부에 몰두하고 있을 네 모습을 떠올린다.

서울에 있을 때 너와 JS에게 조금 더 잘해 주지 못한 것 때문에 마음이 아리다. 하지만 누구보다 크나큰 사랑으로 너희를 생각한단다. 이곳 기숙사의 전화번호와 주소를 적어 보내니 그리로 편지 보내고 혹시 친구한테서 전화 연락이 오면 가르쳐 주어도 된다.

보고 싶은 보림아, **이 언니는 무슨 일이 있어도 꺾이지 않을 거야.** 그러니 걱정하는 마음일랑은 절대 가지지 마. 아빠에게도 안부 전해 주고 건강에 주의하시라 전해 주어라.

이웃 할머니에게도 안부 전해. 참 널랑은 유학 같은 건 생각지 마라.

고독하다고 느껴지는 것만큼 괴로움이 없다는 걸 뼈저리게 느끼고 있기 때문이란다. 4월 5일부터 정식 수업이 시작된단다. 너를 정말 사랑한다. 이겨 내자. 우리 앞에 놓인 생의 무게를… 기도하자, 같이. 또 편지하마.

1990. 3. 29.

전화-0422(32)XXXX 밤 11시 이후가 좋다.

일본으로부터 언니가

• 뒷장

주소 봉투에 있는 것 외에 한국어로 읽을 수 있게 적을게.

とうきょうと みたかし じだいじ みたかりょう

日本國　東京都　三川市　深大寺　三川寮

일본국 동경도 미타까시 지다이지 미타까 기숙사

2) 어떠한 일이 있더라도

보고 싶은 보림이에게…

날로 화창함을 더해 가는 날씨 속에 보림아 그동안도 잘 있었니?

엽서를 보낸 그다음 날인가 너의 편지가 도착했더구나. '신희망사항'의 내용을 보고 얼마나 웃었는지, 이곳 기숙사 사람들에게도 읽어 주었더니 배꼽이 빠질 정도로 웃더라.

요즘 서울의 날씨는 어떤지, 이곳의 날씨는 아열대성 기후라 마치 변덕 잘 부리는 일본 사람의 기질을 닮아 있다고들 하더구나. 4월 28일~5월 6일은 이곳 일본의 '골든 위크엔드'라고 해서 계속 휴일이란다. 날짜별로 살펴보면 29일은 천황의 생일, 5월 3일은 헌법의 날, 5월 5일은 어린이날. (이곳엔 어린이날이 두 개가 있다고 한다. 5월 5일은 남자 어린이들만의 날이라고 해서 물고기 모양의 깃발을 가족 수대로 만들어 집의 높은 곳에 걸어 놓는단다.)

참, 너의 모의고사가 걱정이다. 자는 시간 같은 걸 잘 조정해서 꾸준히 학력고사 당일까지 밀고 나가면 될 것 같다. 미안하다. 옆에서 도움이 되지 못하고…. 보고 싶구나. JS도, 아빠도, 엄마도…. 내일부터는 다시 학원의 시작이다. 학원 옆에 들어 보았니. 와세다대학이라고 있어 도서관에서 공부를 할 예정이란다. 와세다대학이라고 치면 서울에서는 연대 정도 된다고 하고 東京 도오쿄오대학이 서울대, 게이요오대학이 고려대 정도라고 하더라.

학구열은 일본이 세계에서 제일 높다고 하던데 내가 보건대 우리나라만큼 못한 것 같다. 이제 이곳에 온 지 한 달이나 지나 벌써 두 달째로 접어드는 구나. 아르바이트는 아직 못 구하고 있다.

여기 있는 학생 대부분이 아르바이트를 병행하면서 공부를 하는데, 보기에도 참 딱할 지경이다. 가장 손쉽게 洗い(あらい)라고 해서 접시닦기, 서빙 등등 새벽까지 하고 돌아와서 식당에서 혼자 밥을 먹고 있는 모습을 보면 참 남의 땅까지 와서 저렇게 힘들게 살아야 하나 하는 생각이 든다. 바로 내 문제이기도 한데 말이야. 오늘은 요 옆방의 언니가 방을 얻어 나갔다. 늘 같이 지내던 사람이 빠져나가니 왠지 옆구리가 시린 듯 허전하더라. 보림아, 그리고 보면 지금 학력고사까지의 시간을 정말 잘 활용해야 한다. 이곳엔 거진 대학을 졸업하고 온 사람들인데 일류대는 못 되고 중대나 그 밖의 大學 정도, 취직의 걱정이나 더 좋은 일자리를 갖기 위해 온 사람들이 많다.

어떠한 일이 있더라도 너는 지금의 시련을 잘 참고 견뎌 내리라 믿는다. JS는 잘 있니. 요즘은 심부름시키는 사람이 없이 일신이 편해졌겠다. 따뜻하게 대해 주어라.

이곳에는 대학을 들어가기 위해 유학생 시험이 둘 있단다. 하나는 사비 유학생을 위한 '유학생 통일 시험, 12월 10일 정도', 그리고 내가 3급을 땄던 '일본어 능력시험 1급'이 필요하단다.

일본어 능력시험은 12월 3일 정도, 통일시험은 세계사, 영어, 수학이 많이 필요하단다. 그래서 그것의 점수를 가지고 아무 대학이나 들어갈 수 있다. 전문대는 이곳에서 대학이라 부르지 않고 그냥 학원이라고 부르더라. 나는 이번 12월 달의 시험을 쳐 볼 예정이란다. 보림아, 편지 좀 자주 해라. JS에게도 쓰라고 그래. 옆방 할머님은 잘 계시니. 안부 전하렴. 영은이도 보고 싶구나. 그리고 혜정, 현옥, 희정이 전화번호를 써서 보내니, 편지 좀 하라고 꼭 좀 전해라. 셋 다 편지를 보냈는데 한 명도 답장이 없다. (나쁜 것들-농담.)

네가 학교에서 하든가 집에서 꼭 해 봐라.

그럼 이만 쓴다. 잘 있어. 건강에 유의하고….

1990. 5. 6. 일본에서 언니가

3) 너를 생각할 때면 늘 가슴 한쪽이 아리듯 아파 온다

보림이에게…

자정이 넘은 고즈넉한 고요 속에서 편지를 쓴다. 나는 그동안 그럭 저럭 무난히 지내고 있다고 생각이 든다. 단지 생활의 기계적인 반복 속에서 때때로 찾아드는 그리움 내지의 감정의 파장으로 인한 서글픔 만이 문제일 따름이지, 자기에게 도달하는 길은 멀다는 자명한 진리 앞에서 우리 人間들은 얼마나 많이 넘어지고 상처 나야 하는지…. 그 러나 삶이 어차피 한 번 주어진 과제라면 당면의 일이란 어떻게 살아 가야 하는 방법에 있는 것이 아닌지 생각해 본다.

너를 생각할 때면 늘 가슴 한쪽이 아리듯 아파 온다. 네 곁에 함께 있 어 주지 못한다는 것만으로 나는 무슨 큰 잘못을 저지른 것 같은 자책 감을 느끼니….

보림아, 오늘은 기숙사 앞에 있는 「국제기독교대학」 안을 혼자서 산 책했다. 우거진 수목들과 어우러진 저녁 낙조의 색깔과 황혼. 그 속에 자전거를 타고 숲 사이의 자그마한 오솔길을 혼자 천천히 가는 것. 생 각만으로 아름답지 않니. 때때로 우리에게 꽉 찬 완벽감으로 다가드는 것이란 '순간'이라고 느끼고 싶다. 그리고 이러한 것들이 긴 여생을 살 아가는 데 활력이 되는 것은 아닌지.

이 시간 공간은 다를지라도 책상 앞에 앉아 보다 더 크나큰 내일을 향해 정진의 노력을 기울이고 있을 너의 모습을 떠올린다. 힘들고 지치더라도 이겨 내자는 나의 바람의 소리가 바람에 흩어지는 공허한 울림이 되지는 않기를 바라는 맘. 너도 충분히 이해하리라고 믿는다.

때때로 땀 한 방울의 노력들이 촘촘히 배인 인내 뒤에 다가오는 결과란 매순간 생각했던 어떤 것보다 더 큰 기쁨과 만족을 가져다준다는 것. 너와 나 체험해 보자꾸나.

일본인들의 생활 습관은 참으로 우리가 뒤쫓아 가지 못했던 것들이 많다는 생각이 든다. 가령 아무도 없는 건널목에서도 끝까지 신호가 켜지기까지 가만히 있는 것이라든가, 조그마한 실수에 있어서도 서로가 인사하고 미안해하는 것, 휴지도 꼭 버릴 때는 쓸 수 있는 것과 없는 것을 구별하는 것, 검소한 옷차림, 절약정신 등.

경제 면에 있어서의 10년 이상 차이가 나는 것이 아니라 정신적인 면에서의 그 의미가 아닐까 생각이 든다. 전화 연락 자주 못 하는 것은 이해해라.

언니 한 시간 시급이 겨우 700円인데 전화는 1,000円 정도니 이해되지.

모두 다 건강한지, 왠지 너로부터 들을 수 있는 아주 하찮고 자질구레한 이야기라도 크게 귀 기울여 듣고 싶다. 그만큼 우린 서로의 많은 것을 이해하고 있지 않았었니.

여름이 다가온다. 오늘도 무지 더웠었다.

음식 먹는 것 주의하고, 아침에 학교 지각하지 말기.

또 연락하마.

너를 사랑하는 언니로부터.

1990.6.4. 새벽.

4) 나에게는 네가 있다

보고 싶은 보름이에게…

온갖 나무로부터 봄이 떨어져 버리면
내 심장은 환희에 떨린다.
지상의 공간에 산 모든 것은 지나가 버린다.
그러나 **나에게는 네가 있다.**
지나가 버리지 않는 무상의 거친 파도가
사랑의 해안에 높이 부딪힌다.
우리의 발밑에 세계가 와 부딪힌다.
시간의 무덤인 하늘에 비취인 채
- 라카르다 후흐 -

생과 사에 자기를 똑바로 응시하고 산다는 것은 무서운 용기와 신경력을 요한다. 특히 이 사회의 구조와 한국적 풍토 속에서는 너무나 신경이 긴장되는 작업이기도 하다. 그러나 그것 없이는 숲生의 의의가 무(無)로 화하는 것이니까 그것을 회피하는 것은 일회적으로 주어진 우리의 삶에의 죄인 것이다. 무엇보다도 자기를 좀 더 응시할 수 있을 것. 자기를 견딜 수 있을 것이 결과적으로는 다 비극적인 우리의 생의 소상을 간악한 팽팽하게 차 있는 참된 순간으로 지속시키는 방법일 것이다.

"니나가 밤 동안에 오래 걸려서 쓴 것은 일이었다. 숙제였다. 모든 피로와 절망과 이별에도 불구하고 지켜진 약속이었던 것이다."

"내 생각으로는 행복은 우리가 언제나 생각을 지니는 데에 언제나 마치 광인이 고정관념에 사로잡혀 있듯 무슨 일에 몰두하고 있는 가운데 있는 것 같애."

"잘 생각해 보면 몹시 불행할 때도 한편으로는 매우 행복했던 것 같애."

"고통의 한복판에 아무리 심한 고통도 와닿지 않는 무풍지대가 있어. 그리고 그곳에는 일종의 기쁨이 아닌 승리에 넘친 긍정이 도사리고 있어."

니나의 일-글 쓴다는 정열-과 생에 몸을 완전히 내맡기고 있는 성실 없이는 이런 행복감이란 있을 수 없을 것이다. 따라서 니나의 언니도 생각한다. 나는 여기에 니나가 창백한 수면 부족의 얼굴을 하고 슬픔 때문에 몸치장도 안 하고 아무 희망도 없이 침울하게 그러나 생명에 넘쳐 서 있는 것을 바라보았다. 니나는 마치 폭풍우에 좀 파손된, 그러나 큰 바다에 떠 있고 바람을 맞고 있는 배와도 같았다. 그리고 볼 줄 아는 사람이면 누구나 그 배가 어디든지 원하는 곳에 갈 수 있을 것을, 아니 새로운 대륙의 새로운 해안에 도착해서 대성공을 거두리라는 것을 돈을 걸고 단언한 것 같았다.-여기에 보림이는 니나, 그의 언니는 나로 클로즈업된다.- 너도 이 글에 언니의 마음 모든 것을 잘 실어 주었고 표현해 준 것 같다.

많이 먹기를 그리고 많이 공부하기를. 거대한 해안에 도착하기까지… 열심히 저어라.

1990. 8. 20.
일본에서 언니.

하늘나라에서 온 언니의 편지

5) 네가 받을 살아가는 인생의 어떠한 고통이나 아픔도 이 언니의 몫으로 다 해 버리고 싶다

사랑하는 보림이에게.

우리 보림이에게 언니는 가슴속의 여러 갈래의 이야기들을 해 주고 싶으나 막상 쓰고 싶은 단 한 마디는 너무나 보고 싶다는 것이다. 너무 보고 싶구나. 네가, 한국에 언니가 갔을 때 나의 연습장에 색색의 펜으로 써 주었던 말처럼 **나를 가장 잘 이해해 주고 염려해 주는 것은 이 세상에 너뿐이다. 네가 받을 살아가는 인생의 어떠한 고통이나 아픔도 이 언니의 몫으로 다 해 버리고 싶다.** 통속적인 표현으로밖에 비칠지 모르겠지만, 언니는 지금 무척 외로움에 지쳐 있는 것 같다. 내면에 밀물처럼 다가드는 외로움, 어디론가 날아가기 위해 헛된 몸짓으로 '파닥'거려 보아도 쇠창살로 둘러싸인 차갑고 음습한 새장 속에서 벗어나기는 힘들다는 사실만이 명백해질 따름이다. 언니의 방황의 표면을 조금만 벗겨 보아도 그곳엔 여러 겹의 고독으로 둘러싸여 있다는 것을 넌 알 수 있을 게다. 외롭다는 것만큼 사람을 가슴 시린 고통으로 몰아넣는 게 있을까. 타인과 外界와 그리고 선 그어진 自身과의 차단으로의 창을 내리고 혼자라는 것, 더욱이 이기적인 인간들의 가식적인 행위와 뚜껑만 열면 그 속엔 자신만의 편협성 속에 꼬옥 옹크린 채 좁은 시야에서만 상대를 보는 것 같은 것을 볼 때면 구토가 치밀어 오른다.

정신적인 욕구와 자기비판이 없는 무미건조한 사람들, 군상들의 행렬.

보림아, 언니는 조금 전 조그마한 말다툼을 하였다. 옆방의 나보다 1살 많은 人과. 남자친구랑 시간을 즐기고 있으면서 기숙사의 하나밖에 없는 전화가 걸려 왔건만 받지를 않더구나. 그 시간 나는 W.C에 있었기 때문에 부득이 복도 낭하 끝에 있는 전화를 받을 수 없었고, 전화벨 소리가 수차례 울림에도 들은 척도 안 하고 방 안에만 있더구나. 자신의 男子친구로부터 전화가 올 때면 그렇게 열심히 뛰어가서 받고 몇십 분이나 통화하더니 이기적인 면을 느꼈다. 그러나 자신의 결점보다 남의 결점은 2배로 커 보인다지. 그냥 실망한 기분을 감춘 채 그 사람의 방을 지나 내 방 안으로 들어와 버렸다. 조금 후 내 방에 들러 식당 냉장고에 나의 우유를 좀 먹겠다고 하기에 그렇게 하라고 이야기하고선, 언니 왈, "왜 전화를 받지 않았지, 편리할 때만 받고 다른 人을 위해선 받을 수 없나. 공동의 생활에서 혹 내 전화일 수도 있고 남의 전화일수도 있는데 서로 받아 줄 수는 없나. 그것이 당연하지 않나!" "받기 싫어서 안 받았는데 뭐 어떠냐. 그 전화는 내 전화일 수도 있다. 전화 좀 받기 싫어 안 받았기로서니 너무 말이 심하다!" "그렇게 생각하나. 내 생각과는 좀 다르다. 됐다. 그만두자!" 여태까지는 그렇다 할 트러블 없이 지내 왔지만 외동딸이라 그런지 자기중심적인 성향이 짙다. 언니는 타인의 이기적인 면에 익숙해지고 싶지 않고 단지 슬퍼지는 것이다. 그러나 혹은 생활 속에서 발견되는 나 자신 속의 이기성을 느낄 때마다 심하게 괴로웠던 것을 기억한다. 나 또한 불완전의 인간임에 그냥 스치고 지나가야 한다. 어떻게 지내니? 서서히 여름이 물러서고 있는 것이 피부로 느껴진다. 가을이 오면 이성이 마비되는 듯한 작렬하는 태양도 사라지고 선선한 바람이 불기 시작하는 것과 함께 여러 가지로 나아질 것이다. 환경적으로도.

얼마 전 Hong Kong 친구로부터 Card를 받았다. 스누피가 그려진 귀여운 그림의, 단순하면서 솔직 담백한 中國人의 기질에 호감이 가면서도 다소 단세포적인 면에 있어서는 그닥 좋다고 할 수 없다. 어느 민족이나 기질에 있어 나뉘지는 특성이 있기에.

이화이에게 네게 주라고 한 인형 브로치를 주었다. 고마워하더라. 네 얘기를 많이 하였다. 우리 가족은 다섯이라고- 후후-

그리고 선물로 준 거울은 유용하게 잘 쓰겠다. 요즘은 6개월의 비자 체류 기간이 끝나 새로이 비자 편신을 하기 위해 서류상으로도 여러 가지로 복잡한 절차를 밟아야 한다. 일본국 입관이라는 곳에 가서 서류를 제출하고 외국인 연장 비자를 받기 위해서 다분히 까다로운 일들이 있는 것이다. 일본인 특유의 섬세한 정확성을 요하는 것이 느껴진다. 그건 그렇고 10월쯤(네 말을 빌려) 배치고사에 대비해 철저한 준비가 필요한 것 같구나. ゛かんばって!'라는 말은 일본인들이 시험이나 시합, 경기에 임해서 서로 간에 최선을 다해 끝까지 싸우라는 뜻이고 매우 많이 쓰이고 있단다. 기억해 주면 좋다는 사실,

답장은 시간이 나면 해도 되지만, 안 해도 상관은 없다. 하지만 해도 상관은 없는데… (여운을 남기며) 그럼 보림아, 건강히 잘 지내고, かんばって!!!

---

* 당시 나는 고등학교 3학년이었다.

P.S. 사소한 일 등으로 마음 좁혀지는 언니가 아니니까 걱정 마시길. 단지 내 마음의 서글픔에서 끝. 내일은 웃음!!! 언니로부터.

1990. 8. 25. Sat.

하늘나라에서 온 언니의 편지

6) 꼭 진정한 승리의 순간이 있다는 걸 우리 믿자

보고 싶은 보림아!

누렇게 뜬 퇴색조의 황금빛 햇볕자락들이 도시의 담벼락 위를 오락가락거리며 비추는 늦가을이다.

그동안도 잘 지냈는지? 행동과 생각 사이를 어정거리는 동안 어느새 시간이 참 많이 흘렀다는 생각이 무척 드는구나. 무엇을 향해 달려가고 있다는 사실조차 망각한 채 지냈던 바쁜 나날들을 바라보며 잠시 맥 풀린 웃음을 던지고, 앞으로 흘러내린 한 가닥 머리를 뒤로 제칠 수 있는 시간을 갖고 싶구나. 그러나 쉰다는 것의 의미는 앞으로 한 발 더 전진하기 위한 충전의 시간을 필요로 하기 때문이다. 고3이라는 고달프고 빡빡한 시간의 여정 속에서 그 안에서 남다른 여유와 침착을 보유할 수 있는 공간을 지닐 수 있다는 전의 너의 편지를 보고 언니는 적이 안심이 되었단다. 그리고 네 편지를 볼 때마다 하루가 다르게 사고와 인식의 범위가 자라나는 것을 느낀단다.

참으로 시간을 의미 있게 활용하는 것이라고 본다. 그리고 늘 실전에 강한 보림이라는 것을 알기에 지금 카운트다운이 시작되는 한 달을 남겨 두고 있다손 치더라도 더욱 강해진다는 것을 언니는 안다.

어쩔 땐 빨리 시험이 끝나 너에게도 고3 학생들에게도 또 그만큼 마지막의 풋풋한 학창 시절이 짧아지고 있다는 사실에 있어선 함께 안타까운 마음이 든단다.

너를 사랑하는 언니가 이렇게 일본에서 간절히 기도하고, 우리 가족 모두가 한마음으로 기원하는 한 꼭 진정한 승리의 순간이 있다는 걸 우리 믿자.

언니는 11월 1일 吉洋寺 기숙사에서 石神井台(しゃくじいだい)라는 곳으로 집을 옮겼단다.

마침 새롭게 들어온 10월 학기생 中 두 명의 학생과 짧게 소개하면 한 사람은 26살의 서울에서 린나이 코리아에서 디자이너를 하던 분과 23살의 회사원을 하던 女子와 함께… 조금 힘들었지만 Apart 아파아트를 구했단다. 이곳의 아파트는 한국의 보통 개념처럼 크고 훌륭하고 모든 시설이 다 구비된 곳이 아니라 최저의 생활을 누릴 수 있는 여러 세대가 사는 주택가를 말한단다.

아직은 이사한 지 얼마 되지 않아 낯설고 힘이 들지만 차차 적응을 해 나가면서 익숙하게 되리라 여긴다.

처음의 미타까 기숙사(학원 사정상 폐쇄되었음)완 달리 두 번째 옮긴 吉洋寺 기숙사는 방도 저번처럼 넓지 않고 한 방에 두 명씩 쓰게 돼 있어 마치 집단 수용소 같은 느낌이었단다. 돈도 더 비싸고.

그리고 학생들이 들어오고 나가는 일이 수시로 있기 때문에 공부하기에도 어려운 단점이 있기에 좀 무리가 되더라도 마음 맞는 여자 셋이서 서로 돈을 합쳐 방을 얻기로 한 거지.

다행히 세 명이 얻는 것이기에 덜 부담이 되었단다.

전화는 따로 놓는 게 너무 부담이 가기에 보류 중이고 서로 어떻게 하면 돈을 절약할 수 있을까 머리를 맞대고 의논한단다.

전화로 연락할 것이 있으면 당분간 학교로 하기 바란다. 알고 있겠지만 001-813-205-××××. 토, 일은 휴일.

아마도 12월 15일 내가 너보다 3일 먼저 시험을 치게 되겠구나. 다음 날 16일은 한국에 들어가는 날이고. 이번 수요일엔 신쥬꾸의 보건소에 가서 건강진단서를 떼고 11월 15일부터의 접수기간에 맞추어 서류를 문화여자대학에 내야 한단다.

참 학교로 성적증명서와 졸업증명서 오늘 왔단다. 아버지께 고맙다고 전해 주기를….

그리고 **밥은 늘 꼬박꼬박 챙겨 먹기를**. 아침에 JS와 함께 조금만 일찍 일어나서 꼭 먹고 가라. 그게 힘들면 빵이랑 우유라도 먹고.

환절기인데 감기 주의하고, 찬물에 세수나 머리 감는 일이 없도록.

또 편지할게. 건강해라.

1990. 11. 6.
너무나 보림이와 JS가 보고 싶은 언니로부터

3. 1991년도:
더 큰 꿈을 향해 나아가자.
태국 여행

1) 가슴에는 뜨거운 열정과 넓은 곳을 알기 위한 의지

김보림 보기를-

보림아, 그동안도 잘 지냈니? 수술경과가 어땠는지, 보면 전혀 못 알아보지는 않을까 만나 보고 싶구나. 불현듯 두 얼굴을 가진 사나이처럼 대담해지는 보림이가 간혹 무서울 때가 있다. 지금 편지는 이곳이 어디인가 하면(좀 놀라겠지만) 타이의 방콕으로부터 약 710km 떨어져 있는 '쳄아이'라고 하는 북부의 도시란다. 뜨거운 태양과 건조한 날씨. 진한 갈색의 피부를 가진 이곳 인들의 상냥한 웃음들. 매우면서 입에 맞는 맛있는 요리. 며칠 사이에 조금 살이 찐 듯한 느낌이다. (쳄마이는 굉장히 아름답다.) 4월 5일부터 대학입학식이 있고 그 사이 3월 27일~4월 3일 짧은 여정이지만 여행을 나섰다.

나름대로 많이 배우는 것이 있단다. 생전 처음으로 코끼리 등에 타 산악을 산보해 보고, 산악지대에 사는 소수민족들과 만나 보고, 의외로 독일인 배낭족들이 눈에 많이 띄더라. 그 편한 옷차림과 배낭 하나 그리고 **가슴에는 뜨거운 열정과 보고 넓은 곳을 알기 위한 의지를 지닌**.

건강하고 또 너에게 연락하마.

'사우디캅.'(타이어로 안녕히)

3.31. 언니 형진.

2) 더 큰 목적과 꿈을 향해 저어 가자

보림이에게-

어떻게 지내는지 궁금하구나. 이곳 날씨는 약간 쌀쌀하기는 해도 우리나라의 차고 매몰찬 한파에 비한다면 3月 달의 날씨랑 비길 만하다.

전화로 잠깐 얘기를 들었다만 잘해 나갈 수 있을지. 그리고 남겨진 JS도 걱정거리구나.

그러나 일단 결심과 마음을 다졌다면 너에게 주어진 시간들, 生을 앞으로는 좀 더 의식적으로 형성하도록 노력하고, 모든 일에 능동적으로 작용을 가하고, 보다 체계화에 힘쓰게 되기를 빈다.

우리는 시간 속에 무위만으로 흘러가도록 내버려 두는 것이 아니라 길이를 가질 수 있도록 노력해야 한다. 무게가 없는 한마디의 말보다는 묵묵한 행위로 자기를 채워 갈 수 있는… **절대 어설픈 자기 학대나 비판 따위는, 그로써 밑바닥의 기둥마저 무너지게 해서는 안 된다는 것, 한 번 넘어짐으로써의 아픔은 기억의 눈동자 속으로 담아 두고, 더 큰 목적과 꿈을 향해 저어 가자.**

불고기의 아르바이트 일이 재미있다. 잘해 나갈 수 있다는 자신감이 있다. 다행히 사장 내외가 재일교포 1세로 무척 친절하신 분들인 것 같다. 청소, 설거지, 탁자 정리 뭐든지 닥치는 대로 하다 보니 이젠 무슨 일을 해도 다 할 수 있다는 그런 마음이다. 보림아, 언니는 무슨 일이 있더라도 성공한다. 꼭!

인식욕에 더욱더 불태우는 나를 본다. 그리고 모든 이들에게 안부 전해 주기를, 아버지의 건강도 염려스럽구나. 같이 기도하자. 너와 나의 하나님 아버지께-

그리고 앞으로는 늘 학교로 편지 주기를. 문과로 바꿔서 잘된 것 같다. 어쩌면 네게 하나님께서 기회를 준 건지도. 건강히 지내고 언니 걱정일랑은 하지 말아라.

1991. 2. 12.

그럼 안녕히!!! 너를 사랑하는 언니로부터…

하늘나라에서 온 언니의 편지

3) '성숙의 향'을 지닌 사람들은 진정한 고독을 안다

보고 싶은 보림이에게-

별아, 네가 있는 것을 알기에 나는 행복에 겨워 울고 있다.
별아, 결코 너에게 도달할 수 없다는 걸 알기에
나는 자신을 동경으로 소모시킨다.
별아, 自我의 진정한 모습아!!

전혜린도 아마 많은 꿈을 생각하며 이러한 글을 쓸 수 있었던 것 같다. 잘 지내고 있니?

주위의 너를 지켜보면서 염려하는 눈빛들로 오히려 너를 복잡하게 만드는 것은 아닌지, "무한한 공간의 영원한 침묵이 나를 불안에 떨게 한다."라고 파스칼이 말했듯 지금 네게 주어진 시간들이 조금은 불안한 것은 아닌지, 아니 많이 불안할지도 모른다는 생각을 언니는 한다.

여러 가지를 해 보고 싶어 하는 너의 심정도 이해가 가고 또한 문과로 전환해 조금 더 의격을 갖게 된 너를 보니 진심으로 기쁘단다.

(너)================(지점)
행복한 길

이 그림이 무슨 뜻인지 알겠지. 네게는 목적이 있다. 그리고 꿈이 있고, 그곳을 향해 달릴 수 있는 그 길이 얼마나 행복한 것인지, 꿈이 정해지지 않아 흔들거리는 人, 그 길에서 길을 잃고 좌충우돌하는 人, 아예 자기 자신조차 누군가를 단단하기 꺼려한 채 지내는 사람, 어느 길로 처음부터 들어설지 몰라 헤매는 人, 소수의 이들을 제외한 다수의 사람들이 실제 그러하다. 보림아, 네가 얼마나 행복한 人인지 알겠지, 더불어 언니도 말이야. 하나님께 감사드리자꾸나. 언니는 요즘 조금 안정이 되니까 이것저것 해 보고 싶은 것이 많아지는구나. 그림도 그려 보고 싶고, 수영도 배우고 싶고, 유화세트를 미대생으로부터 선물받아 며칠 전에는 그림을 그렸단다. 고등학교 때 네가 그린 장미 정물화가 기억나더구나. 처음치고 정말 잘 그린 네게 언니는 무척 놀랐지. 그리고 수영도 조금 배우다 말았었기에 계속해 보고 싶은 생각이 있어서다. 요즘 조금 생각해 보게 된 글귀를 적어 본다. 영감을 받은 人들, 성자, 예술가, 과학자 그리고 창조자들은 고독을 두려워하지 않는다. 그들은 어쩔 수 없이 고독을 위해서 살 수밖에 없게 되어 있다. 오히려 고독을 창안하고 고독의 공간을 자유로 바꾼다. 인간성이 풍부할 때는 고독 때문에 권태를 느끼지 않기 때문이다. 고독은 근본적인 것이며 결정적인 것이다. 그러므로 우리는 고독을 선택할 수도 없으며 피할 수도 없는 것이다. 고독을 선택한 人은 그 선택의 시간을 초월한 도취감 속에서 자유로움을 느끼지만 그것은 한순간의 도취일 뿐 잠시 후 시간의 균형이 깨지고 소란스러움의 상황을 만나게 된다. 왜냐하면 그런 人일수록 고독을 즐기기 위해서 고독을 구했던 것이기 때문이다.

하늘나라에서 온 언니의 편지

침묵 속에서 고독을 동반해야 한다. 근본적인 고독은 사물로서의 고독이다. 바로 자신으로부터의 탈출이라고 부른다.

때로 고독은 파멸이고 공백이다. 삶이 황량했던 날의 공허 때문에, 긴장된 고요 때문에 안갯속을 거니는 이상함 때문에 그리고 심장 속에서 존재하기를 멈추고 고독은 우리를 아래로 떨어지기를 요구한다! 보림아, **언니는 모든 '성숙의 향'을 지닐 수 있는 人들은 진정한 고독의 의미를 아는 人이라고 본다. 지금 좀 외롭고 지치는 때가 있더라도 용기를 갖지 않으면 안 된다.** 그리고 과 설정에 대해선 아직 확실히 정해지지 않고 다만 하고 싶은 것들이 너무 많다고 했는데, 언니가 9월 말이나 10월 초쯤에 들어갈 예정이니까 그전까지 확실히 정해지면 좋겠지만 조금 더 여유를 두고 생각하기로 하자꾸나. 점수 상황도 고려해봐야 하겠고, 그래서 원서 시기 때는 망설임 없이 과감하게 정할 수 있도록, 가장 중요한 것은 네가 무엇을 하고 싶은가 하는 것이기 때문에 신중히 생각해 보기를. 그리고 간추려 언니에게 얘기해 줄 수 있음 좋겠구나.

밥은 끼니 거르지 말고 꼬박꼬박 먹기를. 이번 길었던 감기도 제대로 건강관리를 못한, 결국은 너의 부주의에서 비롯되었다고 본다. 건강에 유의하고, 아버지와 JS에게도 안부를, 다시 편지하마. 그럼.

1991. 5. 10. 언니로부터.

4) 언어나 행동에 꾸밈없는 솔직함으로 설 수 있는 어른

보고 싶은 보림이 보기를…

신록이 무성한 初夏의 계절이구나. 그동안도 잘 지냈니? 얼굴의 여드름 제군들은 아직도 기승을 떨치고 있는지, 재수생의 얼굴에는 여드름조차 기생하기 힘들다는데…. (믿거나 말거나)

오래간만에 문구점에서 귀여운 편지지를 구입해 이렇게 편지를 쓴단다. 괜시리 여리고 보드라웠던 동심으로 돌아가고 싶어지는구나. **언어나 행동의 표현에 꾸밈없는 솔직함으로 설 수 있는, 어른이라는 이름이 되어서도 이러한 心들을 잊어서는 안 될 거야.**

더워지는 날씨 속에 공부하기 많이 힘들지? 네게서 받은 이해인 수녀님의 『시간의 얼굴』에서 "주님 제 삶의 자리에서 누구도 대신 울어 줄 수 없는 슬픔과, 혼자서만 감당해야 할 몫의 아픔들을 원망보다는 유순한 心으로 받아들이며, 더 깊이 고독할 줄 알게 해 주십시오."라고 써 있더군.

그래, 더 깊이 고독하고 자기모멸의 아픔을 겪어 본 人만이 더 크게 될 수 있을 거야. 고운 心으로 이겨 나가자. 동봉으로 이번 봄에 있었던 학교 졸업사진과 전에 살았던 집에서 근처 꼬마들과 찍었던 사진을 보낸단다. 하얀 윗도리의 꼬마가 마이짱, 옆이 리사짱.

가운데 조금 눈탱이가 부어 있는 여자가 김짱이다.[*] 자, 그럼 또!

1991. 6. 15.

너를 사랑하는 언니가.

---

[*] 사진은 안타깝게도 소실되었다.

5) 동생을 존경하는 기쁨은 아무나 맛볼 수 있는 게 아니다

나의 동생 보림이에게-.

커다랗게, 뜨겁게 빛에 차서 더러운 것, 얇은 것을 속에서 끊자.

언제나 창조하는 근원의 힘에 서 있자. 애써 미지의 세계를 찾아내자. **동생을 존경할 수 있는 기쁨은 아무나가 맛볼 수 있는 기쁨은 아니다. 왜냐하면 그런 동생은 있더라도 극히 적은고로.**

나는 그런 동생을 하나 가졌다. 옅은 우주 속 풀포기와 똑같이 수가 많고 똑같이 평범한 人들-수억의- 가운데서 **나는 한 동생을 가졌고 사랑했고 존경한다.** 너는 얼마나 나를 內包하며 나는 또 얼마나 너를 內包하는지!

참된 자기와 진리(인생과 우주에 대한)와 美의 인식을 위해서 현실이나 일상적인 것과는 아무 타협 없이 맑은 눈동자를 그대로 지닌 채 열심히 살아라! 예술과 학문과 자기완성에의 끊임없는 정진으로 덮어버려, 괴로워도 괴로워도 최후의 인식의 날을 위해서 출발하자. 세계와 또 쓸데없는 모든 것과는 거침없이 하자.

편지 기뻤다. 세상에서 너의 글 읽을 때같이 즐거운 때는 없다. 너라는 동생이 나에게 주어졌다는 사실만 해도 나에게는 存在理由가 있는 것 같고 살맛이 난다. 정말 '동생을 가져 봐야 하는 동생의 고마움'을 느끼고 있다. 혜린의 동생 채린에 대한 애정과 글들…* 언니 또한 이에 못지 않는단다. 너를 사랑한다. 全心으로. 밥 많이 먹고, 건강해라.

1991.8.27. 언니. 멀리 일본에서-

언니의 실제 친필 엽서 앞(1991.8.27.)

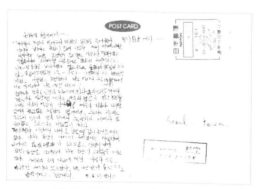
언니의 실제 친필 엽서 뒤(1991.8.27.)

* 언니는 전혜린(1934~1965)의 글을 좋아했다. 전혜린이 여동생을 아끼는 모습이 자신과 같다고 느꼈고 전혜린의 끝없는 세상에 대한 갈구와 방황, 열정으로 가득 찬 삶의 태도에서 위안을 받는 것 같았다.

6) 신의 이름 안에서만이 瞬間은 영원이 되고

To. 김보림-.

세상은 어떤 형태로도 머물지 않고 스스로 창조한 어느 것 위에서도 오래 머물지 않지만, **신의 이름 안에서만이 瞬間은 영원이 되고**, 진부한 世界는 처음 본 듯한 새로운 時間이 되며 순환하고 있는 것일 거야.

기쁜 성탄일을 맞아 네게 하나님의 축복이 넘치도록 함께하며, 밝아오는 새해에는 보다 가능에의 길을 힘차게 확신을 가지고 전진할 수 있기를 바란다.

1991. 12. 18.
언니로부터-.

언니의 실제 친필 카드 앞(1991.12.18.)   언니의 실제 친필 카드 뒤(1991.12.18.)

4. 1992년도:
동생아, 언니는 꼭 성공할 거다.
미국 여행

1) 정신을 몰두시켜 일을 끝내고 난 다음의 상쾌함

Dear. 보림.

어제 내려 준 적당한 봄비로 오늘은 길가의 가로수 잎들이 말끔히 씻기워 초록의 선명한 색깔을 띠워 낸다.

얼굴 보지 않고 차가운 전화 수화기만 붙들고, 행여 끊길까 걱정하며 안타깝게 전화를 끝내면, 마음은 더욱 중압감을 느끼고, 깔깔해지는 것을 느낀단다. **잦은 전화에 부담을 느끼지는 않을까 걱정하면서도 목소리라도 듣지 않으면 언니는 곧 견디지 못하곤 하는구나.** 그러나 외유내강적인 너를 언제나 믿는 마음은 여전하단다. 늘 잘해 나가리라 믿고 있고….

한동안 사고가 마비되어 버린 듯 일기 한 장, 글 한 장 긁적거리지 못했던 것 같다.

대뇌와 손가락 사이의 전달 기관에 심한 고장이 나서 녹이 슬고 심지어 감각이 죽어 버린 양 머릿속으로 생각할 수 있고 입으로 말할 수 있는 언어가 아무리 애를 써도 문장으로 바뀌지 않았다. 두 눈을 멍청히 뜨고 한 자, 한 자 허공에서 찾아야 하는 것이다.

이십 년 동안의 한국에서의 젖어들었던 모든 것들이 이곳 일본 생활 2년 정도로 서서히 벗겨지고 있는 걸까. 나도 모르게 당황하게 되는 것이 사실이다. 나의 전달기관을 자주 운동시켜야 한다는 걸 깨닫는다. 혼잡한 사고로부터, 나의 한국적, 문화적 습성, 사고방식 등이 송

두리째 사라져 버리지 않도록 질서를 만들어야겠다.

학교생활 이야기를 해 줄게. 며칠 전 '나가노'라는 곳으로 Fresh Man Camp를 다녀왔다. 우리나라에서는 MT라고 하나.

학교가 가지고 있는 호수(Lake)가 딸린 산장으로, 식당, 회의실, 체육관 등 그 철저한 시설에 또 한 번 놀랐다.

우리 크라스는 D로 E, F 크라스 총 150명 정도가 참가한 대규모의 MT였던 것 같다. 과대표를 하고 있는 덕에 몸이 열 개라도 모자를 정도로 혼자서만 이리저리 분주했던 것 같다. 친선 파티의 총사회자를 비롯해 발표회 준비 등, 그리고 비가 내린 덕분으로 체육관에서 반 대항 줄다리기를 하였는데 또 빠질 수가 있겠냐.(솔선수범이 뭔지) 맨 앞에서 손바닥의 허물이 온통 벗겨질 정도로 열을 내고….(3위 마크. 6팀 中) 덕분에 日本 아해들이랑 많이 얼굴을 익히고 친해진 것 같다.

엄마께 MT 갔다 온 이야기를 하니깐 엄마 왈 "너는 너무 열을 많이 내 큰일이다. 조금씩만 열을 내라, 애!"

김보림의 (반장 생활) 고충을 알겠더라. 그러나 **무언가 정신을 몰두시켜 일을 끝내고 난 다음의 몸이 뿌드듯 커진 듯한 그런 상쾌함은 정**

말 기분이 좋은 것 같다. 목적을 이루고 난 다음의 찾아오는 어떤 느낌 같을 거야. 김보림도 서울대학의 문이 눈앞에 보인다. 꼭 이루어서 노장의(?) 힘을 만방에 과시하도록. 그날은 온 나라의 사람들이(나 혼자) 반겨 일어나 태극기를 흔들며 즐거워할 것이다. (무슨 해방 축하 문구 같다.) 농담이구.

여름방학이 7월 23일~9월 20일까지인데 언제 갈 것인가는 아직 정하지 않았단다.*

요번 여름에도 무엇인가 의미 깊고 뜻깊은 일을 하고 싶은 바람이다.

뜨거운 여름이 곧 닥쳐오겠지만 더욱더 의지를 굳게 분발시키길 바라며, 건강에 언제나 유의하도록….

너를 언제나 걱정하는 언니로부터…

1992. 6. 1. 日

---

* 언니는 매년 여름과 겨울(어떨 때는 봄)에 한국을 방문하였다.

2) 동생아, 언니는 꼭 성공할 거다

To. 보림.

Hey! How are you? I'm Fine이다.

광활한 대지 아메리카의 L.A에 도착한 지도 벌써 일주일이 다 되어 간다.

비버리 힐즈, 헐리우드, 샌타모니카, U.C.L.A 등등. 구석구석 다니 느라 시간 가는 줄 모른다.

열심히 사진도 찍고 있기에 보면 알겠지만 이곳은 역시 넓고 멋있는 나라다. 한마디로 스케일이 어마하게 방대한 나라다. 태평양 연안으로부터 불어오는 상쾌한 바람. 더워도 습기 차지 않는 쾌적한 날씨. 덕분에 많이 그을렸다. 여러 곳을 다니면서 **엄마와 너도 함께 올 수 있었다면** 하는 생각을 여러 번 했다.

보아라. 김보림. 언니는 꼭 성공할 거다. 사실 이곳의 광대함에 조금 주눅이 들기도 했다만 더욱 의지가 불타오르게 된 계기가 되기도 하였다. 내일과 모레 유니버셜 스튜디오와 디즈니랜드에 갈 예정이다. 참 Ken이 보낸 편지 받아 보았니? 그럼 또 편지하마.

1992. 8. 12. from 언니.

3) 삶은 하루하루가 고투(苦鬪)다

삶은 고되다. 범용(凡庸)한 심령으로써 스스로 만족하지 않는 사람들에게는 삶은 하루하루가 고투(苦鬪)다. 그리고 극히 흔히 그것은 위대함도 행복도 없이 고독과 침묵 속에서 진행되는 싸움이다.

'고독과 침묵' 속에서 나날의 고투를 치르며 범용을 넘어서 자기 자신을 초극하기 위해 끊임없이 고뇌하는 성실하며 외로운 논이 되자.

P.S. LA에서 산 T셔츠 한 벌과 약 3개를 보낸다. 큰 것은 집에 놓아두고 쓰고 조그만 스프레이는 외출할 때 가방 안에 넣고 다니며 써라. 두세 번 뿌려 주면 된다.

1992. 8. 25.

4) 순수한 학문을 향해 불태우는 지식욕

보고 싶은 보림이에게-

英語單語 Tape를 틀어 놓고 한 자, 한 자 중얼거리며 외고 있는 도중 밑의 층의 주인 할머니가 '김さん' 하고 도아를 두들기기에 나가 보니 너의 편지를 전해 주었다. 낯익은 보라색 필체의 편지를 지금 막 읽어 보았다. 저번부터 느낀 건데 언제나 보라색만을 주장하는 것은 무슨 특별한 사연이 있는 건지, 그냥 특별하게 보이려고 아님 주위의 추천으로 인해?

농담이구 오늘 아침은 유독 센 바람 소리에 잠이 깨었다. 태풍이라고 한다. 일본은 유난히 태풍이 많은 나라라 의례히 지나가는 통과과정이라고 생각하지만 싸늘한 11月의 태풍은 약간 언바란스한 느낌이다. 雨는 아직 내리지 않지만 저녁경부터 쏟아지지 않을는지, 하늘은 온통 낮은 회색 구름으로 뒤덮여 있다.

요즘의 언니는 일본에 와서의 어느 때보다도 자유롭지만, 또한 어느 때보다도 자유롭지 못한 시간을 보내고 있다. 自身의 의지로 선택한 道이기에 더욱 어깨를 누르는 중압감이 크게 느껴지는 까닭에…. 학교를 후기부터는 나가지 않는 방향으로 하고는 있지만 그게 그다지 마음이 편하지 않는다.

어느 것이라도 자기가 추구하고 몰두하는 분야에 있어서는 마찬가지겠지만 공부 또한 처절한 홀로서기를 필요로 하는 극기의 과정이라고 본다.

　최근에 와서 느낀 거지만, '고립'이라는 추상적 개념이 그 밑바닥까지 이해된 듯하다. 그 고립 속에 갇혀 성난 파도처럼 솟구쳐 올라도, 때로는 깊이 깊은 동굴로 파고 숨어들려 해도 결국은 자신을 다스리지 않으면 안 되는 것은 現實 속에 마주 선 자신밖에 없는 것을 뼈저리게 깨달았다. 어떻게 보면 아주 잔혹한 각성에 눈뜬 것일지도 모르지. 그 다음 비로소 자신이란 存在가 어디에 속해 있는지, 무엇을 지금의 나의 번뇌(번뇌라는 단어는 참 좋은 단어다)가 행해져서 바른 것인지 타인의 빈축을 사면서 진행해도 괜찮은 것인지, 그리고 나에게 어떤 의미를 부여하게 되는지 지금은 아무런 말도 할 수 없다.

　하지만 진정 나이가 들어 그 젊은 날의 방황이 그리워지고 어느 한 순간을 맞을 수 있다면 그래서 만족할 수 있지 않을는지. 그냥 그 순간만으로도….

　몇 년 동안이나 손을 놓고 있었던 영어 책자를 들고, 꽤나 苦心을 하는 요즘이다. 언제나 성문을 펼치면서 너의 흔적을 추적하면서 '자식, 꽤나 공부하며 팠네'라고 생각한다. 너의 공부한 흔적과 함께 그 책은 지금 언니에게 있는 거지만 그 흔적 자체보다 그 시간 시간에 기울였던 너의 열의와 몰두하며 깊이 파고들던 너의 눈동자를 느끼면 더욱 감동하는 언니다.

　순수한 학문을 향해 불태우는 지식욕이야말로 언니가 추구하는 生에 대한 기본자세이기도 하다.

　보림아, 지금부터 언니가 하는 얘기를 잘 듣기 바라. 참 그전에 학교에 대한 것은 아직은 父나 母니 얘기하지 않는 편이 좋겠다. 좀 더 나에게 뚜렷한 상황이 부여되기 전까지는.

지금 언니에게는 二重의 난관이 있다. 그 첫째는 이제부터 시험 칠 大學에 합격하는 것, 와세다와 中央, 와세다의 試驗日은 12월 12일, 發表日은 12월 14일. 中央은 조금 늦은 편으로 1월 2일, 발표는 2월 10일.

와세다의 경우는 처음부터 학과를 정하지 않고 들어가서 여러 가지를 해 보고 1학년경에 정하게 된다. 무척 좋은 학교 시스템이라고 본다.

와세다는 역시 와! 세다라 일본 내에서도 일본 학생들이 누구나 시험 쳐 보길 원해 쳐 보아도 무더기로 우수수 떨어지는 경우가 많은 정말 一流급의 학교라고 할 수 있다. 물론 東京大學이 더욱 위에 있지만 역시 한국과 마찬가지로 서울대 취급되어져 머리가 좋은 두뇌들이 모이는 곳이지만 융통성 부족, 사회생활의 문제성 등이 지적되고 있는 면에서 같다고 문제시되어진다. 유학생들 사이에서도 그 경쟁률이 치열해 언니가 시험 볼 第一文學部의 경우 120명 以上이 시험 쳐 17명 정도 합격하는 것이 예년의 통계다. 작년의 시험 문제지들을 조금 보았으나 역시 전문적인 용어들을 포함해 굉장한 실력을 요하는 문제들이 많았다. 그에 비해 中央大의 경우는 비교적 그렇게 난이도가 높지 않아 한시름 안심을 하지만, 중앙대의 경우도 일본의 7대 대학에 들어가는 지지도가 큰 대학이기에 바짝 조여 공부하지 않으면 안 된다. 일본어는 지금까지의 페이스대로 해 나가려고 하고 있으나 문제는 영어다. 남은 시간은 얼마 남지 않았지만 최선을 다하려고 생각한다.

그리고 두 번째는 유학생들의 비자를 내주는 入官의 문제이다.

언니는 유학생 Visa로 1년간 유효한 비자를 받았지만, 다시 일 년을 연장해야 하는 시점에서는 그동안 다녔던 대학의 출석 證明書와 성적 증명서가 필요한데 후기 학교를 다니고 있지 않았으니 만약 合格이 된 시점에서 과연 Visa를 내줄지 어쩔지 걱정을 하고 있다.

다행히 그때에 가서 일단 합격이 된다면 붙은 대학의 합격 증명서와 먼저 다니던 학교에 나가지 않았던 이유서를 첨부해서 내면 된다는 이야기를 얼핏 들었으나 지금으로서는 어느 쪽도 미지수인지라 걱정이 될 수밖에 없다. 처음에는 이러한 문제에 뒤엉켜 앞뒤를 분간하기 힘들 정도로 혼동스러웠으나 일단 강행을 해, 해 보는 데까지 해 보자는 것이 지금의 언니의 심경이다. 같이 기도해 주기를….

언니의 비자의 유효 기간은 내년 3월 17일까지다. 그때까지는 모든 것이 결말이 되어지도록 하리라. 새삼 무언가 운명이란 단어가 떠오른다. 시험이 12월 22일이지. 달력을 보니까 다음 날 23일이 이곳 일본 천황의 생일로 쉬는 날로 되어 있더라. 별로 상관은 없는 것이지만, 참 전에 일본에 왔을 때 '아사쿠사'라고 하는 신사에 가서 '다루마 인형'을 요게무라 선생이 사서 네게 주었지. 가지고 있겠지. 꼭 합격을 해서 나머지 눈에도 색칠을 할 수 있기를…. 요게무라 선생이 네게 격려의 편지를 쓴다고 며칠간 고심을 하더니 요 며칠 전 내게 번역을 부탁해 왔다. 이 편지와 함께 동봉할 테니 보기를….(지금 전화했더니 먼저 보냈다고 하는구나. 오늘 아님)

김보림, 머리는 많이 길렀니? 언니는 몇 년간 길렀던 긴 머리였어도 이발소에 들어가(이발소가 미장원보다 훨씬 싸서) 덥석 잘라 버리고

도 그냥 덤덤했다. 주위에서는 눈이 휘둥그레져 아깝지 않았냐는 등 이야기를 했지만, 별로 미련을 가지지 않았다고 할까.

'김보림은 왜 그리 머리에 집착을 하는 걸까' 심층 분석해 본 결과, 얼굴이 좀 안 생긴 아해들이 머리에 지나칠 정도로 애착심을 가진다는 게 그 결론이었다. 이의 있어?

참 고기는 잘 굽고 있냐고. 김보림! 너 언니가 매일 고기를 굽고 있다고 생각하니, 내가 무슨 바비큐 집에서 통돼지 굽는 아르바이트하고 있는 줄 아는데, やきにく 집 불고기집에서 음식을 나르거나 청소를 하고 있는 것뿐이야. 고기는 직접 손님들이 구워. 그네들이 먹는 것이고.

부르조아와 프롤레타리아 계급의 자매 간도 아니고, 무지의 도가 그 한계를 훨씬 넘어선 것 같다.

그건 그렇고 JS도 가끔은 만나고 있는지? 생각보다 너를 무척 따르고 의지하고 있는 것 같으니 언제나 따스하게 대해 주렴. '공고'에 들어가는 것도 그렇게 나쁠 것 같지 않다. 사람에겐 자신에게 맞는 것이 정해져 있다고 본다. 젊은 날이란 그것을 찾기 위해 헤매는 것이다. JS에게 가장 기본이 되어야 할 환경이 불충분했다는 것은 가장 마음 아픈 일이기도 하지만, 공부가 아닌 다른 분야에서도 그 아이에게 꼭 맞는 것을 찾아 주게 하는 것이 너와 나의 의무이기도 한다는 것을 느낀다. 그래서 그 아이가 의욕을 가지고 전념하게 할 수 있는…. 겨울에 한 번 더 들어갈 수 있으면 셋이서 만나 여러 가지 이야기를 하자. 물론 네 시험이 끝난 뒤에…. 너의 전공학과 문제는 언니가 작년도 일기장을 살펴보았는데 여전히 지금과 다를 바가 없었다.

나 또한 걱정이 되어 일기에 쓰여 있었고, 교육학과라면 아무래도 '교사'를 목표로 한 커리큘럼이 짜여 있을 테니 네 자신의 강한 의지가 아니면 따라가기 어려운 점도 발생하지 않겠니. 선생이 되고 싶지 않다면 말이야. 너무 무리하게 복잡하게 생각하지 말고, 남들의 말들도 이것저것 듣다 보면 혼동이 더 생기는 수도 있으니까 깊이 눈을 감고 무엇이 가장 하고 싶은가 생각을 해서 결정하기 바란다. 무엇을 정한다 해도 언니는 너를 밀어 줄 테니까(벼랑 말고).

우선은 흔들리지 말고, 너무 겁내지 말 것…. 여태까진 너무 겁내하지 않았었니? 그러 또 연락할게-. 안녕히….

1992. 11. 9. 언니가

하늘나라에서 온 언니의 편지

5. 1993년도:
또 하나의 出發點에 지금 서 있다

1) 또 하나의 出發點에 지금 서 있다

보고 싶은 보림이에게…

바람이 차다. 목덜미로 파고드는 매서운 바람을 막기 위해 옷깃을 치켜 올려도 자꾸 시려지기만 하는 것은…. 아주 먼 길을 달려온 것 같다. 짧게 흩어지던 웃음과 뒤섞인 불안.

하고자 하는 것들의 영상들이 자꾸 조소를 띄우며 저편으로만, 저편으로만 튕겨져 가고 있는 듯해서 하지만 앞을 보는 수밖에. 두 눈을 부릅뜨고 말이야. 그 방법밖에는 없었지.

이유를 알 수 없는 세상에 내동댕이쳐진 나의 實體, 나의 이름은 곧 내가 살아 있다는 증거다!

그래, 살아 있음으로 고통스럽고, 우리에게 주어진 과제란 그 고통을 얼마만큼 소화해 내느냐에 달려 있는 거겠지. 보림이도 많이 고생했다. 장하다. 나의 동생!

'文學', 아주 감미로운 內部의 유혹이었다. 文化女子大學은 내게 날개 꺾인 '새'로 상처 주기에 충분했다. 다시 설 수 있는 것이 절대적으로, 아니 다시 날아갈 수 있는 힘이 내겐 필요했고 목말랐다. 文學은 다른 분야의 知識처럼 事物의 이치만을 깨우쳐 준다든지 사물의 現像만을 살피게 한다든지, 감성이나 감각의 어느 면만을 세련시켜 주는 것이 아니라 모든 지식을 전반적으로 흡수하게 하고 인간의 감정이나 심리도 아주 다양하고 심층적으로 통찰케 한다고 본다.

또 하나의 出發點에 지금 서 있다. 보림이도 언니도 힘내자!

일본은 저녁이 되면 갑자기 추워지지만, 오후엔 봄날을 연상시킬 정도로 따뜻할 때가 많다.

지금도 커다란 창문을 통해 비치는 하늘이 맑게 개어 있다. 한국엔 전신주의 줄 위에 참새들이 흔히 눈에 띄지만 일본은 몸채가 커다란 까마귀들이 우글거린다. 별로 귀엽지도 않은 시커먼 까마귀들이 말이야.

유학생들 사이엔 농담으로 처음에 일본에 와 돈 없고 배가 고프면 저 까마귀라도 통구이해서 먹으면 좋겠다는 생각을 한다고 한다. 그정도로 큰 까마귀들이 많아. 까마귀는 별로 상서롭지 못한 들짐승인데 일본인들도 별로 좋아하지 않는단다. 며칠 전 문화여대에 가서 퇴학증명서 신청을 하고 왔다. 학생증과 더불어 라커의 열쇠도 반납하고, 우연인지 담당교수였던 후꾸오까 선생이 3月 달로 학교를 사직한다고 한다. 화가로서 전념하고 싶다는 그의 말, 누구라도 번민과 자신의 일에 대한 갈등을 겪는 것 같다.

교수라는 직책도 그에게 있어서는 그만둘 수밖에 없었던 무엇이 있었나 보다. 미학의 고이게 여선생도 만나고 전부 자기 일처럼 기뻐해 주었다. 文化를 그만두는데도 말이야. 모순이지.

보림이도 아마 같은 현상을 겪고 있으리라 보지만, 갑자기 목적이 사라진 데에 대한 허탈 내지 공허감, 언니도 조금은 그래서 독어 문법 기초 책을 사다가 공부하려 한다. 들어가기 전에 入門 정도는 해 두어야겠다 싶어.

보림이도 유익하게 여가시간들 활용하기를. 머리에 녹이 슬지 않도록. 그럼 또 편지할게-. 건강해-. 안녕.

1993. 2. 18. 언니.

2) 빨래걸이가 창문을 '덜컹덜컹' 시끄럽게 하는 바람에 잠이 깨었다

사랑하는 동생 보림이에게…

창문 밖에 걸어 놓은 빨래걸이가 창문을 '덜컹덜컹' 시끄럽게 하는 바람에 잠이 깨었다. 굉장한 바람이 불고 있었다. 나뭇가지들이 휘어 질 듯이 흐느적거리고, 잎들이 서로 몸을 부딪치는 소리가 유독 스산 하게 들리우는 듯싶었다. 겨울에서 봄으로 발돋음하기 위한 마지막의 화려한 몸부림처럼 보인다.

지금 이 글을 쓰고 있는 곳은 와세다 도서관이다. 시험이 끝나고 참 으로 오래간만에 와 본 것 같다. 春방학이라 학생들은 전부 교정을 빠 져나가고 몇 명의 학생들만의 텅 빈 도서관의 자리를 띄엄띄엄 메우고 있을 뿐이다.

日本의 학생들은 대학을 들어가기까지가 '입시지옥'이고 대학에 들 어가서는 그야말로 웬 낙원지냐는 둥 열심히 논다. 우리나라의 실정도 이와는 비슷하지만 일본 학생들의 경우는 특히 (자신네들이 인정하고 있을 정도) 심한 것 같다.

보림아, 학교생활은 어떠니? 새로운 환경이라 다소는 생소한 점이 있을지 모르겠다만, 네가 그토록 원하던 곳이었기에 十分 분발하여 신 나게 적응해 나갈 수 있는 보림이였으면 좋겠다.

시험이 끝나고 언니도 갑자기 찾아든 여유감에 갈팡질팡했었지만 이제 곧 유학생 오리엔테이션(4월 12일)과 함께 학교 입학식(4월 5일)

도 있기 때문에 새로운 마음 다지기를 꾀하고 있다. 그래서 오래간만에 도서관에 와 모처럼의 차분한 분위기에 마음을 안정시키며 네게 편지를 쓰는 것이다.

할 수만 있다면(내게 최소한의 경제적 여건이 허락된다면) 아르바이트는 가능한 한 피하고, 공부(학문)에 전념하고 싶다마는 현실은 쉽게 그런 나와 타협하기를 거부한다.

자아실현의 욕구가 강한 사람일수록 그 사회에 적응해 나가는데 커다란 고뇌를 필요로 한다고 한다. 납득이 간다.

새로운 Private lesson을 시작한다고 들었는데 그 후 진행경과는 어떤지. 그 일에 너무 힘을 쏟아부어 중심이 되어야 할 학문에 지장이 생기는 일이 없도록 잘 분배하여 행하길.

편지에 오르고르 연주와(꼬마 JORDY의 곡은 벌써 한국에서도 널리 퍼진 모양이더구나. 네게 Tape 받기 전에 녹음해 두었는데… JORDY는 얼마 전에 일본을 방문하였다. 가장 관심을 보였던 곳이 모 백화점의 장난감 가게였다나) 피아노 연주 몇 곡, Tape 케이스는 너무 커 함께 넣을 수 없겠다.*

맑게 울려 퍼지는 오르고르 연주에 차분한 마음이 되어 보기를. 다시 연락할게. 그럼 건강해라.

1993. 3. 29. 형진이 언니.

....

* 테이프 케이스는 편지에 넣지 않고 테이프와 테이프 겉면의 곡 리스트를 함께 빼곡히 적어 보냈다.

하늘나라에서 온 언니의 편지

카세트테이프의 양면에 음악 제목을 손수 적은 언니의 필체(1993.3.3.)

3) Nicht mehr sein 그 이상 存續, 存在하지 않음

보림이에게-.

오늘 썩 마음에 드는 獨文詩의 구절 하나를 발견했다. Nicht mehr sein 그 이상 存續, 存在하지 않음이란 뜻.

아직 학교에서는 독어 초보 문법 과정이기에 어느 하나 윤곽도 파악 못 한 상황이지만 그 나름대로 허우적거리며 선택에 대한 책임을 지녀야 한다는 생각으로 임하는 요즘이다.

캠퍼스에 滿發했던 사쿠라도 어느덧 지고, 初夏를 맞이하는 신록이 점점 초록빛으로 선명히 물들어 가고 있다.

보림아, 보들레르도 일렀듯이 '취미에서가 아니라면 절망에서나마 일해야 한다'는 것을, 또한 '전'의 '격정적으로 사는 것'- 지치도록 일하고 노력하고 열기 있게 생활하고 많이 사랑하고 아무튼 뜨겁게 사는 것, 그 외에는 방법이 없다.

산다는 일은 그렇게도 끔찍한 일, 어려운 일이다. 그러나 그만큼 더 나는 생을 사랑한다. 진찰한다는 그런 人生에 대한 자세를 지닌다는 것이 혼자 있으면 더욱 힘들다는 것을 깨달으며 사는 나다.

언제나 똑같은 초지일관의 모습으로 성실하게 매일의 것들을 구축한다는 것, 이러한 삶의 태도를 지속적으로 견지한다는 것은 정녕코 쉬운 일이 아니다. 또 누구나 할 수 있는 일도 아니고, 하려고도 해도 평소 땐 이를 악물고 쓰고 있던 쾌활의 가면을 더 이상 지탱할 수 없어 혼자 있는 시간의 힘을 빌려 폭발하고 말 때도 있다. 늘 잘 통제되고 있던 온갖 「인간적인」 약함, 슬픔, 외로움이 혼자 있는 시간의 힘을 빌려 의식의 두꺼운 벽을 뚫고 표면에 떠올라 오는 것이다. 더 이상 저항할 수 없는… 그런 때가 있다.

다시 반복되어지는 生活이 극단을 향해 치달려 가는 의식을, 그곳에의 길을 차단하고는 하지만 사소한 법칙과 경탄할 만한 습관과 거만한 안정감들로 이룩된 日常性의 질서는 견고한 테두리를 치고, 극단으로 날아가려는 나의 날개를 무자비하게 찢어 버리곤 한다.

하지만 이 날아오르기로의 시도는 계속 견지될 것이다. 몇 번이고 찢기고, 선혈이 흐르는 파닥거림이 계속될지라도 언제나 눈방울은 위를 향하련다.

처음 지금의 대학을 들어가기 전, 일기장에 써 두었던 글월이 떠오른다. 「왜 大學에 들어가려 하는가?」

그것이 없으면 절대로 안 되는 것, 궁극적인 것이 빠져 있는 것만 같았기에, 그 유일의 것이 학문이라 여겨졌기 때문이다. 학문을 위한 학문, 文學을 포함해 온갖 종류의 서적을 정신없이 탐독하며, 스스로 그곳에서 길을 찾고 깨어 있는 정신으로 살고 싶었기 때문에-. 과연 이러한 것들이 지금의 文學에서 충족되어질지는 미문이다. 날아오르기 위해서는 초석이, 반석이 될 만한 기틀이 필요하다. 그것을 위해 지금을 사는 나이고 싶은 게다.

하루 종일 회색 구름이 낮게 드리워진 우울한 날씨다. 건강에 조심하고, 매사에 신중함을 갖되 자신감 있게 행동하는 보림이가 되기를…

그럼 또.

P.S. 入學式 때의 사진 동봉한다.[*]

1993. 5. 9.

너를 사랑하는 언니로부터…

----

[*] 언니의 중앙대학교 입학식 때 나도, 엄마도 참석을 하지 못하였다. 혼자서 씩씩하게 입학식을 치러 낸 언니다.

4) 얼룩진 영상 등은 찰나적이나마 네게 머물지 않기를

보림이 보기를.

청량하게 개인 파아란 하늘이 오늘은 유독 한국의 전형적인 가을 날씨를 연상케 하는 날이다.

일본의 잦은 태풍과 텁텁한 회색의 공기에 어느 정도 익숙해지다 보니 오늘 같은 날씨는 정말 축복받은 듯한 느낌이 들 정도로 상쾌하게 개어 있음에 감사한 마음마저 일게 한다. 월요일 오늘의 첫 수업은 체육실기. 피지칼 엑서사이즈라고 이른바 육상경기. 체육이나 수학을 내가 어느 정도 싫어하는지 누구보다 잘 알고 있는 너이기에 아침 체육시간을 향해 발걸음을 옮기는 언니의 심정을 잘 헤아릴 걸로 본다.[*]

20명 남짓의 일본 女子 아해들. 키는 전부 짜 맞춘 듯 158cm 정도. 유학생으로 오직 나만이 머리 한 뼘 정도 우뚝 커서 쭈뼛거리며 함께 동작을 맞춘다. 일목요연하게 발걸음을 맞춰 걷고 있는 오리 새끼의 우화에 나옴직한 못생기고 소외당하는, 백조(?)의 광경을 상상해 보면 가장 잘 어울릴 것이다. 이들은 일단 어떤 단체라는 하나의 조직이 형성되면(아무리 소수라 할지라도) 무서울 정도로 거기에 합류해 자신을 지우기 시작한다. 日本이 '전체주의'라 불리는 이유를 각 개인의 행

---

[*] 이 편지는 1993년 9월 말 신학기에 쓰였다. 1993년도는 언니에게 있어서나 내게 있어서 특별한 해였다. 언니는 그토록 바랐던 중앙대학교 독어독문학과에, 나는 서울대학교 역사교육과에 각각 입학해서 신입생으로서 첫발을 내디딘 해였다. 언니의 편지 곳곳에서 새로운 학교생활에 대한 희망과 새로움이 느껴진다.

동 범위에서 적나라하게 깊숙이 스며 있음을 잘 알 수 있을 것이다. 개인이 하나하나 튀기 시작하면 이미 그 조직은 단체로서 분해되기 시작해 힘을 발휘할 수 없음을 이들은 잘 알고 있는 것이다. 그러나 억압되고,(자신의 기제에 의해서든 외부의 압박에 의해서든) 짓눌린 자아는 그것에 반발할 수밖에 없는 저항의 힘을 상대적으로 갖고 있기 마련이다. 이들의 이런 에너르기가 도가 지나칠 정도로 범람하는 성문화의 퇴폐적 풍속도라든가 기타 이상적(異常的) 인간성을 만들어 내고 있다고 보는 것은 나의 견해이지만 나 자신 또한 이곳에 있는 이상 이들의 습관에 조금씩 동화되어 질 수밖에 없는 사실에 씁쓰레할 따름이다.

그건 그렇고 너의 생활은 어떠니? 산뜻하게 말려 올라간 가을 하늘 아래서 캠퍼스는 한층 활기를 지어 내고 있지는 않는지.

마음 맞는 친구들과 짝을 지어 환한 웃음기를 흘리며 캠퍼스의 동산을 걸어 내려오는 너의 모습을 언니는 그려 본단다.

그럴 때의 언니는 언니도 모르게 싱그레 미소를 떠올리곤 한다.

언제까지고 이러한 너의 영상이 사랑스럽게 머물러 있었으면 하는 것이 언니의 바람이다. 집의 일로, 애태우며, 마음의 조리우는 구석지고 얼룩진 영상 등은 찰나적이나마 네게 머물지 말아야 한다.

그르드쉐프는 인간이란 혐오라든가 불안 등의 불필요한 감정으로 전 에네르기의 대부분을 낭비하고 있다고 말한다. 정작 실질적인 문제에 부딪혀 쓰여질 에네르기보다 쓸데없는 불안의 감정으로 소모시켜 버리는 에너지가 일쑤라고 말하고 있다.

언니는 보림이가 어떠한 역경이나 고통에 있어서는 생을 긍정적이고 따사로운 눈빛으로 깊게 볼 줄 아는 것을 믿고 있단다.

너의 그러한 가능성의 힘으로 언니도 몇 번이고 위안을 얻었고, 앞으로도 나아갈 것이다.

언니는 지금 예전 너도 한 번 와 본 적이 있는 도서관 3층에서 이 글을 쓰고 있다. 벽 한 면이 투명한 유리창으로 둘러싸여 있어 아직은 싱싱한 신록의 잎들을 자랑하고 있지만, 조금 있으면 조금씩 퇴색해지기 시작할 숲들의 나무들이 선명하게 보이고 있다.

언니는 만약 누군가가 일본에 와서 가장 편안하고 안정을 느꼈을 때가 언제인가를 묻는다면 단연 도서관 안에서 조용하게 인식의 세계를 향해 몰두하고 있었던 때라고 말하고 싶다. 인식을 향해 손 뻗치는 때의 교환되기 시작하는 농일한 대화, 눈앞에 펼쳐져 있는 어떠한 광대한 실체의 모습들도 가장 정밀하게 축소시켜 놓은 듯한 세계를 향해 조심스럽게 손을 뻗칠 때의 그 느낌. 단지 그 느낌 하나만을 위해 살아갈 수 있다면….

편지 자주 쓸려고 마음은 먹으면서 언제나 이런 정도다.

낮, 저녁의 온도차가 많이 나는 요즘이다. 낮에 짧은 팔로 활보하더라도, 여분의 걸칠 수 있는 쉐타나 자켓을 가지고 다니는 편이 나을 것이다.

옷장 안에 있던 샛노오랑, 쇼킹핑크, 샛빨강 등의 무대복 등은 아직도 애용하고 있는지?(킬킬) 너의 어떤 곳에 그런 정열적인 구석이 숨어져 있는 거니? 信じられない。(믿을 수 없음)

요즘 많이 절약하고 있다고 하던데, 좋은 습관을 기르기 시작했다고 본다. 女子란 한번 치장하기 시작하면 '끝'이라는 것이 없기 마련이다. 언니도 요즘 실천하고 있는 中이다. 언제나 건강하고, 또 편지하마.

1993. 9. 27. 언제나 너를 생각하는 언니로부터…

P.S. 음대 언니의 편지 잘 받았다고 전해 다오.*

---

* 당시 나는 하숙을 하고 있었는데 같은 방을 썼던 서울대 음대 언니(당시 4학년으로 졸업 후 바로 독일로 유학을 갔다. 유감스럽게도 이름을 기억하지 못한다.)를 나의 언니는 1993년도 여름방학 때 만나고 셋이 한 방을 같이 썼던 적이 있었다. 독문학과를 전공하고 있었던 나의 언니는 짧은 시간이었지만, 독일로의 유학을 생각하면서 철학적인 생각의 교류를 많이 했던 그 언니와 주소를 주고받았다.

하늘나라에서 온 언니의 편지

5) HAPPY BIRTHDAY TO YOU!

HAPPY BIRTHDAY TO YOU!

나의 사랑스러운 동생 보림이의 生日을 마음을 담아 진심으로 축하한다.

22살이 된 거니? しんじられないわ!

앞으로 더욱 사랑스럽고, 건강한 보림이가 되기를 빌게.

1993. 11. 28. 언니.

6. 1994년도:
별을 향해 직시하자.
유럽 여행

1) 별을 향해 직시하자

보림이에게…

보편적인 의미들로써 손쉽게 스스로에게 답을 내며 안주하는 이들보다, 보다 치열한 무엇을 향해 방향을 설정하자. 쉬지 말고, 울지 말고, 그리고 WIN하자. 혼자는 아니기에, 너의 곁에는 언제나 너를 사랑하며, 따뜻하게 눈빛 지켜보아 줄 수 있는 언니가 있기에 마음 덥히며 나아가길 빈다.

말갛게 투명해진 이 새벽 안에서 내 안에 충만해진 제일 깨끗한 '사랑'을 보림이에게 온통 전한다.

이번 한 해를 살뜰하게, 무언가 하나를 이룰 수 있도록 노력하자꾸나.

1993.4. (막 잠이 깬 탓)1.3.

언니로부터

• 편지 겉면

To. 寶林

これは手紙ですよ.*

....

* 이 편지는 편지봉투 없이 종이를 접어 준 것이다. 내가 편지인 줄 모르고 종이를 버릴 것 같아 겉면에 '이것은 편지야(これは手紙ですよ)'라고 써서 '그러니 버리지 말라'고 하는 언니의 재미있는 표현이다.

하늘나라에서 온 언니의 편지

2) 봉 쥬르! 쥬마뻴르

사랑하는 나의 동생 보림이에게…

봉 쥬르! 쥬마뻴르 형진.[*] 지하철 표를 사도, 상점에 들어가도, 레스토랑에서 주문을 받아도 들려오는 것은 불란서어뿐. 아는 단어라고는 위에 쓴 두서너 마디로 조금은 불어를 공부해 올 것을 하는 생각을 했었다. 내일은 2박 3일의 짧은 일정의 파리 체재가 끝나고, TGV(世界에서 제일 빠르다는 열차)로 스위스의 쥬네브로 간다.

오늘 하루 종일은 정말 여러 곳을 걸어 다니며 보았던 것 같다. 개선문, 에펠탑, 샹제리제 거리, 콘코르도시광장, 노틀담 성당, 그리고 넘실거리는 황색의 세느강 위로 놓여진 퐁느플 다리, 미라보 다리. 파리는 생각했던 것보다 그다지 크지 않았다. 불란서인도 의외로 수수하며 그것에 그다지 구애받지 않는 차림새였다. 아, 지면이 모자라다.

* 언니는 2022년 김형진에서 김다인으로 개명을 하였다.

보림아, 또 편지하마. -언니-

1994. 2. 4. (金) Paris

언니의 실제 친필 엽서 앞(1994.2.4.)

언니의 실제 친필 엽서 뒤(1994.2.4.)

3) Tomas Mann의 무덤에 다녀오다

보림이 보기를…

France에서의 엽서는 잘 받아 보았는지? 지금 언니는 2박 3일의 스위스의 Luzern을 떠나 **獨逸의 뮌헨을 향해 가고 있는 고속버스 안**에서 이 글을 쓰고 있다.

아웃드반이라고 불리우는 이곳 고속도로는 무료로 속도의 제한도 정해져 있지 않다. 지금 시각 아침 8시 40분으로 차 밖으로 얇은 산등성이 위로 파스텔 색조의 넓은 녹색 잔디와 가옥들이 그림과 같은 전경으로 펼쳐져 있다. 잠깐 언니의 7박 8일의 일정을 적어 보기로 한다. 2월 3일 동경발, 2월 4일 Paris, 2월 5일 스위스의 Luzern, 2월 6일 르체른, 2월 7일 뮌헨(독일), 2월 8일 독일 후랑크프르트, 2월 9일 일본, 단체 Tour이기 때문에 그다지 개인행동은 금지이지만 하루 정도의 자유 시간이 있어 어제는 Luzern을 떠나 불꽃의 취리히에 다녀왔다. 취리히

는 스위스 최대의 고장으로 인구 70만 정도의 취리히 호수로 유명한 곳
이다. 그곳에서 언니는 아주 소중한 경험을 했다. TOMAS Mann(마의
산, 토니오크레거 등의 독일 작가. 너도 잘 알고 있는) 무덤에 다녀온
것이다. 관광지로서는 알려져 있지 않는 곳으로 보통 사람들과 별 차등
없는 소박한 무덤이었다. 앞에도 중세풍의 교회가 있어 운치하고 있었
다. 보림아, 그럼 또 독일에서 쓰마. 건강히. 버스 안이라 字가 엉망.

from Deutsch

언니. 1994. 2. 7.

4) 바쁘다 바뻐!

보림이 보기를…

건강한지. 여러 가지로 귀찮게 하는 것 같다. 하지만 **무엇이든지 Try 하는 情神이 重要한 것**. 적극적 태도.

이곳 日本은 며칠 전 20cm 이상의 눈이 내려(10년 만의 처음) 지금은 거리가 빙판으로 인해 人들이 연일 넘어지지 않을까 아슬한 걸음걸이로 보행하지 않으면 안 된다. 유럽 여행은 염려해 준 덕분으로 무사히 잘 다녀올 수 있었다. 아마 돌아가서 사진을 보면서 더 자세한 이야기를 나눌 수 있겠지만, 가장 인상에 남았던 것은 역시 TOMAS Mann의 무덤과 집을 방문했던 일일 게다.

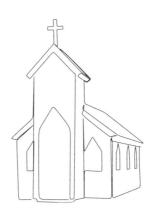

그 생생한 감동, 저녁을 알리는 무덤 옆의 중세 유럽 그대로의 교회

의 종소리, 아무도 없는 무덤의 적막감, 보림이와도 함께 느껴 보고 싶다고 느꼈다. 95년 봄방학 꼭 둘이서 배낭을 둘러메고 유럽을 견학해 보자. 그러기 위해선 상당 Level(간단한 笑語도 通하지만 더 공부해 두자) 英語를 공부하자꾸나. 그럼 또, 언니는 지금부터 Count다운에 들어간다. **바쁘다 바뻐!**

1994. 2. 15. 언니. (사진 3장 동봉한다)

5) 제발 느슨해지지 말자꾸나

23세의 어여쁜 내 동생 보림이 보기를…

午前中 찌뿌듯했던 날씨가 午後부터 거센 소낙비가 되어 '좌악좌악' 쏟아붓기 시작한다. 여행에서 돌아와서부터 시작되었던 「우울+후유증」이 앙금처럼 침잠되어 있던 요즈음 오래간만에 가슴이 후련히 씻기우는 듯한 느낌을 갖는다. 한국이나 독일과 틀린 섬나라 이곳 날씨는 일 년의 반 이상이 솜처럼 무거운 습기층에 놀라워 가끔씩은 질식하고야 마는 압박감에 사로잡히기 쉬울 때가 많다. 한번 비가 내리고 나면, 담백하고 깔끔하게 개는 신선하고 맑은 한국의 날씨를 몇 번이나 그리워했는지, 지금은 3시간째의 日本語授業. 유일하게 한국인 남아들과 대하게 되는 시간. 언제나 일본 아해들과 수업을 함께하다 무뚝뚝하기 그지없고, 무언가 계란노른자가 풀어진 듯한 텁텁함이 느껴지는 분위기에서 그 상이점을 느끼곤 한다.

좀 전, 옆의 국제경제학과의 동갑내기 유학생이 애니메이션 영화의 Ticket이 두 장 있다고 하여 같이 보러 가자고 말을 걸어 왔지만 산뜻하게 'No!'라고 거절했다.

저마다 외로운 게다.

며칠 전 네게서 받은 전화는 언니를 조금 생각하게 만들었다. 언니 두 보림이도 이제 대학교 2학년, 일단은 大學이라는 관문을 목표로 하여 정신없이 여유를 가질 시간도 없이 달려온 뒤안길이 있다. 1학년

때는 대학에 들어와서 익숙해지기 위해 정신없이 바빴었기 때문에 뒤안길을 뒤돌아보거나 앞으로의 일들을 신중하게 마주 서 생각할 정신적, 시간적 여유가 불충분하였던 것 같다. 그런 상태에서 2학년이 된 지금 어느 정도의 여유와 더불어 서서히 잊고 지내 왔던 앞으로의 장래라든가 문제점들이 하나하나 승급한 우려감으로 피부에 가깝게 느껴지기 시작하고 있는 것은 아닌지, 또한 그러한 틈 사이로 여태까지 자신을 붙들어 왔던 目標감이 서서히 흐릿해지며 잡념 내지는 의지를 약하게 만드는 요소들이 파고들기 시작하는 것은 아닐지.

언니는 지금도 생각해 본다. 보림이의 책상 위에 더덕더덕 의지의 상징처럼 펄럭이며 스스로를 격려하며 붙어 있었던 표어들을. 또 그만큼 상기된 모습으로 긴장해 있었던 보림이의 얼굴을. (거짓 없이 아름다웠단다.)

너에게 이렇게 얘기하는 것은 곧 언니에게도 향해서 할 수 있는 말이기도 하다.

보림아, '외로움'이란 어느 누구도 떨쳐 내기 힘든 저마다의 등에 짊어진 무게이다.

하지만 이 외로움 때문에 목표의식이 상실된 채 현 상황에서의 얕은 처세만을 행한다면 결국은 아무것도 남지 않는 경우도 있다고 본다. 무언가 뚜렷하게 목표를 정하고, 거기에 따른 방향 설정을 제시하고 한 단계, 한 단계 밟아 달할 수 있는 정신자세, **제발 느슨해지지 말자꾸나.** 너와 나 지금 같은 자매지간에도 불구하고, 현재 몸은 떨어져 있다만(항상 이 점을 언니는 마음 아프게 생각한다.) 언젠가 가까운 시일

하늘나라에서 온 언니의 편지

내에 함께 서로 살 수 있는 날이 있으리라 믿는다. 그러길 위해 언제나 하나님께 기도드리고 있고…. 무언가 구구절절 고루한 서당 선생님의 말투같이 들릴지 모르지만, 아무튼 이거 내자.

혼자 먹는 밥이 결코 달지만은 않으며, 혼자 갖는 시간들이 결코 즐겁지는 않더라도 그 안에 자신의 목표를 향한 노력을 기울인다면 그 결과는 당장은 나타나지 않는다 하더라도 자신이 설정한 미래의 바람직한 형태로 나타날 것이라고 본다.

卒業을 해서 무엇을 할 것인지, 언니 생각에는 경력상으로 지금 전공을 그대로 유지시켜 교원으로서의 경험을 한번 쌓아 보는 것도 나쁘지는 않다고 본다.

많은 사람들이 아직까지 敎員이란 직업에 대해 적지 않은 동경심을 갖고 있고 안심할 수 있는 직업이란 인식이 대다수이기 때문에 주어진 그러한 찬스를 전공을 저버리고 굳이 택해야 될 이유는 없다고 보는 것이다. 그래서 어느 정도 경제적 여유와 사회적 경험, 그리고 당연히 얻게 될 수 있는 長期 휴가라는 이점을 살려, 다음 진출지를 향한 탄탄한 기반으로서 삼을 수 있지는 않을까. 어디까지나 언니의 생각이다만, 그밖에 네가 원하고 있는 직업의 선택 범위도 잘 고려해서 지금부터라도 확실한 목표를 가질 수 있게 되기를. 사실 4학년 되어서 허둥지둥 여러 군데, 이곳저곳 면접을 보러 갈팡질팡하는 이곳 학생들도 여럿 보아 왔기에 무엇보다 중요한 것은 어느 정도 시간직 여유가 충분한 지금 학창 시절에 미리미리 진출할 방향을 설정해 거기에 맞게 어학이면 어학, 자격이면 자격을 준비해 두어야 한다고 본다.

무언가 꽉 찬 느낌이 드는 생활을 하도록 노력하자. 지금 편지는 전차 안에서 쓰는 탓에 마구 흔들거린다.

갑자기 기온이 바뀐 탓인지(비도 내리고 썰렁하다.) 이마의 미열이 느껴진다. 코엔지 역에 내리는 대로 이곳 또 치과엘 가야 한다. 이빨 거르지 말고 닦아라. 그럼 또.

1994. 2. 22. 언니.

하늘나라에서 온 언니의 편지

6) 네덜란드와 벨기에를 돌아보았다

보고 싶은 보림이에게…

'신록이 우거진 綠陰의 계절', 녹음의 푸르름에 눈이 시립도록 신선하다. 보림아. 그동안도 잘 지냈는지? 7월 22일 Frankfurt에 도착. 약 11시간 정도 비행기 안에서 무료하게 앉아서 왔기 때문에 지면에 발을 내딛는 순간이 무척 감격스러웠던 것 같다.

푸랑크푸르트에서 다시 북쪽에 위치한 Bremen을 향해 4시간의 열차 여행. 마치 지구의 극단 지점을 향해서 가고 있는 듯한 느낌이었다. 'Bremen', '브레멘의 음악대'로서도 유명한 이곳은 한적하고, 지나치게 '이성적인' 색채가 강한 느낌이 흐르는 곳이다. 들뜬 것, 감정이 흔들리는 것들이 배제되어진 독일의 지성이라고 할까. 어른스러움이 느껴지는, 한편으론 무료하기까지 한, 이곳의 날씨는 한국이나 일본의 9월의 중순과도 같이 밤이 되면 써늘하게 느껴질 정도이다. 덕분에 日本의

뜨거운 염열을 피할 수 있는 것 같다.

　보림아, 이곳에 도착한 다음날 Universitatsee라고 하는 호수에 가 보았다. → 브레멘의 마스코트 광장이라는 곳이야. 믿기지 않을지도 모르지만 나체로 해수욕을 즐기는 독일인들을 직접 눈으로 보았단다. 남녀노소를 막론하고 알몸이 되어 선텐을 한다거나 호수에 첨버덩거리며 휴가를 즐기고 있는 이들의 모습을 보고 처음 3분간은 어디에 눈을 둘지 몰라 어쩔 줄 몰라 했지만 이상스럽게도 3분이 지나자 나도 모르는 사이 아무런 느낌도 느끼지 않게 되었다. 오히려 자연스럽다는 느낌조차 들기 시작했다. 옷을 걸치고 있었던 나 자신이 오히려 이상스럽게 느껴지기 시작될 정도로….

　'컬처쇼크'라고 하는 것은 이런 것들일까.

　그건 그렇고, 이틀간 정도 독일을 떠나 **네덜란드와 벨기에를 돌아보았다.** 일본에서 유레일 패스를 구입해 왔기 때문에 유럽 어디라도 패스 한 장으로 통과될 수 있었다. 브레멘에서 열차로 4시간 정도 가면 바로 국경을 지나 네덜란드였다.

　열차로 아무렇지도 않게 국경을 지나 外國을 갈 수 있는 이곳 유럽인들이 부럽게 느껴졌다. 바다가 육지보다 높은 풍차와 튜울립의 國 네덜란드, 도착한 곳은 수도 암스테르담으로 센트럴역에서는 많은 배낭족 여행자들이(주로 10~20대 전반) 바닥에 털썩 앉아 있는 모습이라든가 마치 국적 불명의 도시처럼 느껴졌다.

　　　　　　　　　　　　　　하늘나라에서 온 언니의 편지

    하지만 **이번 여행에서 가장 인상적이었던 곳은 벨기에의 Brugge(브루쥬)라고 하는 '불꽃의 베네치아'라고 불리는 곳이었다.** 중세의 건물들이 고스란히 남겨져 있어 마치 Time머신에 의해 돌아간 듯 시간의 감각이 느껴지지 않을 정도였다. 운하의 요트를 타고 주변을 둘러보았는데, 주변의 아름다웠던 (景色) 경치는 영영 잊히지 않을 것 같다. **보림이와 같이 꼭 다시 와 보고 싶다고 느꼈다.** 8월 1일부터 학교의 수업이 시작된다. 또 연락할게. 무척 보고 싶다.

보림이를 사랑하는 언니로부터.

1994. 7. 31.

7) 엄마! 엄마의 생일을 축하드려요! 진심으로!

Dear Liebe Mutter(독일어로 '그리운 엄마에게'라는 뜻)

엄마, 그동안 건강하셨어요? 며칠 전 전화상으로 서울로 간다고 하셨기 때문에 보림이의 주소로 보내기로 했어요. 어제 와서 먼저 놀랐던 것은 물가가 일본에 비교해 훨씬 싸다는 것이었어요. 현재 환율상으로 1DM(1 독일마르크)가 일본의 63円 정도 되는데, 예를 들어 100%의 오렌지 주스 한 병이 1.99DM 정도니 일본이 어느 정도 물가가 비싼 나란가 다시금 실감할 수 있었어요. 하지만 실제적으로 일본이 경제대국이라고 불리는 것에 비해 지나치게 좁은 주택 사정란, 인구밀집도, 높은 물가를 생각해 보면 실질적인 선진국에는 들어가지 않다고 보고 싶어요.

이곳 독일은 먼저 인구가 그다지 많지 않기 때문에 어디를 가나 넉넉하게 전화나 버스를 탈 수 있고, 한 채 한 채의 집들도 큼지막하고 무성한 신록에 둘러싸여 인간다운 생활이 영위되어지고 있다고 보여요. 이렇게 각 나라를 둘러보면서 비교를 하며 제겐 많은 공부가 되는 것을 느껴요. 보림이의 편지에도 썼듯 8월 1일부터 학교의 수업이 시작돼요. 각 나라의 많은 학생들과 같이 공부가 될 것이라 생각하니 지금부터 긴장되는 것 같아요. 자세한 것은 또 편지하겠어요. 전화는 너무 비싸 편지를 하는 편이 나은 것 같아요.

그럼, 언제나 건강에 유의하시길.

(1994).7.31.[*] 엄마의 장녀딸 형진

→ from Deutschland

8月 6日! 엄마의 생일 축하드려요! 진심으로!

엽서 속의 튜울립을 몽땅 엄마에게 드려요!

언니의 실제 친필 엽서 앞(1994.7.31.)

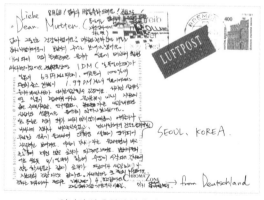

언니의 실제 친필 엽서 뒤(1994.7.31.)

* 연도는 쓰여 있지 않으나 독일에 도착한 다음 날 쓴 편지로 보인다.

8) 엄마! 언제나 자랑스러운 딸들이 되도록 노력할게요

Liebe Mutter,

엄마! 독일에서부터 엄마의 生日을 진심으로 축하드려요.*

보림이와 장녀딸 형진이는 언제나 엄마의 사랑을 잊지 않고 있어요.

엄마의 은혜에 보답할 수 있도록, 언제나 자랑스러운 딸들이 되도록 노력하겠으니 늘 지켜보아 주세요. 그럼 또.

1994. 8. 2.

독일 Bermen에서 큰딸 亨珍이로부터…

---

* 독일에 가서도 언니는 엄마에 대한 사랑을 챙겼다. 한번은 작은 카드에, 한번은 깜짝 놀랄 만한 크기의 커다란 독일 카드를 생일 축하 메시지를 담아 불과 이틀 만에 또 독일 Bremen으로부터 보낸 것이다. 일본에서의 모든 학비와 생활비를 엄마가 책임지고 계셨기에 언니의 엄마에 대한 감사함과 사랑, 미안함은 늘 내게도 느껴졌다.

9) 오스트리아의 Salzburg 잘츠브르크에서 띄운다

(독일에서)

Liebe 보림,

이곳의 여름은 빠르다.

아침저녁으로 쌀쌀한 바람이 불어 마치 한국의 전형적인 9월 중순 무렵이나 10월의 가을을 연상시킨다. 서독에서도 함부르크 밑에 위치한 북쪽에 위치한 이곳 Bremen은 여름이란 계절 감각이 그다지 없는 듯하다. 그저 잠깐 들러 모습을 비추고 사라져 가는 행인처럼 여름은 아주 짧은 기간 동안만 방문할 뿐이다. 백화점에는 벌써 가을, 겨울의 점퍼, 쉐터 등을 세일하고 있을 정도로 이들은 벌써 겨울 준비를 하고 있다. 유럽에서의 처음으로 장기 체류는 내게 여러모로 많은 각성을 가져다주는 계기가 되고 있다. 일본과는 또 달리 체구적으로 훨씬 크며 머리 색깔, 눈 색깔, 피부 빛깔이 다른 게르만족계의 독일인들이 섞이어 처음에는 컬처쇼크라고 할까. 이질감이라고 할까 밖에 나가는 것조차 꺼렸는데 이제는 하나둘씩 찬찬히 둘러볼 수 있는 여유가 생겨 나름대로의 비교를 해 볼 수 있게 되었다. 특히 전혜린이 1950년대 유학을 와서 지내었던 나라에 발을 디디고 있다는 사실 또한 시간과 공간은 상이하지만 그녀가 호흡했던 그 자리에 있다는 사실이 내겐 커다란 위안이 되고 있다.

오늘은 마을 중심에 위치한 아시아 식품점에 다녀왔다. 주인아주머니가 한국 사람으로 라면 두서너 개를 살뿐인데도, 그릇에서 팔고 있는 김치를 그냥 가져가라며 주었다. 얼마나 고마운지 같은 한국 사람으로의 정이 물씬 느껴졌다. 유럽 어디에서나 또한 일본에서도 느끼기 힘든 한국인 특유의 끈끈한 '정'의 의식이라고 할까.

합리적이며 맺을 때와 끝이 분명한 변증법적, 또한 자기중심적이라고 불리는 이곳 독일인들의 개념으로는 도저히 이해하기 힘든 모습이라고 본다.

보림아, 검도부의 연습은 잘하고 있는지? 검도에 관해서 언니는 잘 모르기 때문에 그저 상상에서나마 보림이가 목검(?)을 들고 육중한 몸으로 적을 날렵하게 물리치는 장면을 그려 본다.

하지만 무엇보다 중요한 것은 신체적인 단련보담 정신적 자세의 임함에 있다고 본다.

강인한 정신력을 가진 보림이가 보다 더 확고부동한 정신력의 소유자가 될 수 있기를 언니는 빈다. 부전공 '경영학'에 대한 문제도 신중하게 생각해서 결정할 수 있기를….

순간적인 기분이 되지 않도록….

Bremen 단과대학에서의 독일어 수업 덕으로 조금씩 입과 귀가 열리는 것을 느낀다. 그럼 또 연락하마. 건강히….

1994. 8. 10. 언니로부터

이 엽서는 오스트리아의 Salzburg 잘츠브르크에서 띄운다.

하늘나라에서 온 언니의 편지

10) 브란덴부르크의 벽이 붕괴되는 장면을 아직도 생생하게 기억하고 있는지?

Libe 보림.

그동안도 건강히 잘 지냈는지? 日本은 지상 최고의 더위를 기록해 식수난으로 곤란을 겪고 있는 지역도 있을 정도로 심각한 문제에 직면하고 있다고 하는데 한국의 더위는 어떠한지. 유럽 News에서 비춰지는 일본의 현지 상황을 보면서 독일에서 한 달 이상을 머물 수 있게 된 것을 천만다행이라고 여기었다. 이곳의 낮 기온은 20도 전후. 방 안에서 긴소매의 옷을 입고 있어도 약간 쌀쌀하게 느껴질 정도다. 만약 지금까지 에어컨이 설치되지 않은 채 말썽을 부렸던 高円寺의 방에서 이 여름을 지내게 되었었다면- 으… 생각만으로도 끔찍하다. 그건 그렇고 이곳에 도착한 지 벌써 한 달이란 시간이 흘렀다. 여행으로 이곳에 머물고 있다는 느낌보담 반은 '생활'을 하고 있는 듯한 느낌이 강하게 든다. 이제 일본에 돌아가기까지 열흘가량이 남았지만 빨리 한국에도 돌아가 보림이와 남은 여름방학의 기간을 유효하게 사용하고 싶구나. 보림아. **엽서 앞면을 보면 알겠지만, 어제는 이곳 Bremen에서 열차로 4시간 정도로 떨어져 있는 舊東獨 안의 Berlin에 다녀왔다.** 90년 독일의 통일이 있은 후 4년째를 맞는 이곳은 상상했던 것보담 커다란 동요 없이 유유히 변화에 적응해 지내고 있는 듯이 보였다. **텔레비전의 외면을 통해 비추어졌던 브란덴부르크의 벽이 붕괴되는 장면을 아직도 생생하게 기억하고 있는지?**

그 문을 통해 동독 안에 발을 디뎠을 때의 감각이란 굉장히 유별난 것이었다. 문을 사이에 두고 서독과 동독이 몇십 년 동안이나 이데올로기의 상이로 대치되어져 왔던 과거의 역사가 고스란히 느껴져 왔다고 해야 할지, 허술한 동독의 건물들은 관광객을 의식한 탓인지 빠르게도 철거되어져 새로이 재건되어지고 있는 건물들이 여기저기 눈에 띄었다. 사진을 찍었으니 서울에 가면 함께 보면서 얘기를 나누자꾸나. 이제 얼마 있음 가을로 접어든다. 낮과 밤의 온도차로 환절기 건강에 유의하기를.

　더불어 의의 있는 여름방학의 마무리를 하기 바란다. 그럼.

1994.8.22. 언니

언니의 실제 친필 엽서 앞(1994.8.22.)

언니의 실제 친필 엽서 뒤(1994.8.22.)

11) 너와 겨울에 꼭 Wien에 다녀와야겠다고 생각했다[*]

Liebe 보림.

무더운 여름, 잘 지내고 있는지. 지금 이 편지는 音樂, 바로크, 문화, 숲, 그리고 歷史의 도시라 불리는 Wien에서 쓰고 있다. Wien을 形容하는 말들도 수없이 많지만 파리 정도로 화려하지 않고 차분한 느낌을 받게 한다. 역사를 공부하고 있는 보림이는 잘 알겠지만 옛적 신성로마제국으로부터 오스트리아 헝가리제국 시대까지의 640년간 유럽의 다민족 국가를 통일하여 왔던 오스트리아는 제2차 세계대전이 끝난 직후 영토는 줄어들고 독일과도 합병되지 않은 채 小國으로 전락해 버리고 만다. 하지만 그 당시의 화려한 영화를 누렸던 흔적은 지금까지 면면히 전해져 내려와 여름이면 많은 관광객들을 끌어들이고 있다. '전'[**]은 "비인 그 이름만으로 가슴을 들끓게 만드는 이름, 비인"이라고 찬탄했지만, 나 역시 직접 그 모습을 대하고 이유를 알 수 있었다. 오후의 이곳 기온은 20도 전후. 비도 적게 내리며 건조하여 지내기 편한 날씨인 것 같다. 해가 지는 시간은 (이곳 유럽도 모두) 밤 9~10시 사이라 여행자들은 윈의 하루를 마음껏 즐기는 것 같다. 어젠 Salzburg으로부터 야간열차를 기다렸다. 이곳에 도착한 것이 새벽 6시 30분이었기 때문에 거진 잠을 자지 못했다. 몸도 피로하고 의식은 불투명했지

---

[*] 이 엽서는 날짜가 적혀 있지 않으나 독일 체류 중에 쓴 편지로 보인다.(1994년 7월 또는 8월)

[**] 전혜린 여사

만 원의 매력에 끌려 이곳저곳을 둘러보았다.

보림이와 겨울에 꼭 와야겠다고 생각했다. 그리고 생각하건데 유럽 여행을 위해선 세계사를 어느 정도 파악할 필요성이 있다는 것을 깊게 절감하였다. 역사도인 보림이인 만큼 다음 여행 땐 よろしく!

또 편지하마. 언제나 너를 보고 싶어 하는 언니로부터….

12) 마음 깊숙한 곳에서로부터 네게 生日 축하의 엽서를 띄운다

Dear. 보림.

투명하게 말려 올라간 코발트빛 하늘이 푸르디푸른 느낌이다. 그 하늘과 대조되어지듯 마른 잎들을 떨구어 낸 앙상한 나뭇가지들이 가을을 노정시켜 놓고 있다. 작년 이맘때쯤이 떠오른다. 연한 꽃잎이 프린트되어진 상하 속옷을 보림이에게 선물하기 위해 신쥬꾸 일대를 샅샅이 찾아 헤맸지만 끝내는 발견치 못해 학교의 생협에서 자그마한 파일과 함께 쵸코렛을 동봉해 부쳤었지. 올해도 또한 변변치 않은 주머니 사정에 의해 스리퍼와 목욕수건으로밖에 전달할 수 없을 것 같다. **하지만 세상의 그 누구보다 마음 깊숙한 곳에서로부터 네게 生日 축하의 엽서를 띄운다.** 언제나 건강하고 무리한 운동은 이제부터라도 삼가기를….

1994. 11. 16. 언니.

13) 한 가닥 夢幻처럼 다가오는 해에는 '색채'가 있기를 기대해 본다

Liebe 보림.

Fröhliche Weihnachten!

=x-mas

지금 우리가 볼 수 있는 것은 또다시 한 해가 색 바랜 모노톤 필름처럼 반영된다는 것뿐 **한 가닥 夢幻처럼 다가오는 해에는 '색채'가 있기를 기대해 본다.**

그리고 늘 건강해라. 늘….

나의 하나뿐인, 나의 귀염둥이, 나의 천사를 사랑하는 언니가.

1994. 12. 15.

* 거꾸로 읽기(메롱)*

---

* 장난기 많은 언니는 이 크리스마스카드를 거꾸로 해서 보냈다.

14) 너와 언제나 함께하는 언니로서 있고 싶다

　조그만(?)* 나의 천사(?) 보림이에게-.

　어감에 조금 무리가 있었던 것 같다. 농담이구.

　오늘 전화상의 보림이의 목소리를 듣고 안심해하는 언니다. 엄마도 옆에 계셔서 조금 뜻밖이었지만 신정은 역시 혼자 있는 것보담 같이 있는 편이 나을 것이기에 더욱이 잘되었다고 생각하였다. 언니의 크리스마스카드는 학교에서 받아 보았는지, 보림이의 "요건 어때" Card랑 비교해 그 수준 차이가 현저하게 느껴지진 않았는지?^^

　요즘만큼 하루하루 시간이 흘러가는 것이 안타깝게 느껴지던 때가 없었던 것 같다. 미카엘 엔데의 『모모』에 나옴직한 시간의 도둑들에 의해 어디론가 시간들이 운반되어지고 있는 듯한 느낌이다. 보림이에게 있는 올 한 해는 어떤 것이었는지? 시간의 소중함을 잘 아는 보림이에게 있어 언제나 매순간을 충일함으로 가득 채우며 왔으리라 본다. 그러한 방법을 언니보다 3살이나 어림에도 잘 터득하고 있는 보림이가 언니는 늘 자랑스럽다. 혼자 지켜야 하는 시간을 십분 활용할 수 있도록 하자. **너와 언제나 함께하는 언니로서 있고 싶다.** 그럼.

------

* 나는 아주 어릴 때를 제외하고 몸무게가 언니보다 항상 많이 나갔다. 그래서 언니는 나를 '애기 돼지, baby pig' 등의 애칭으로 놀리곤 했다. 나는 그때마다 "날씬한 언니가 더 문제지 나는 정상이라고" 라고 하며 너스레를 떨었다. 속으론 언니가 나를 귀여워하며 부르는 별명이 싫지 않았던 것이다.

1994. 12. 29. 한 해가 저무는 자리에서 언니가.

언니의 실제 친필 엽서 앞(1994.12.29.)

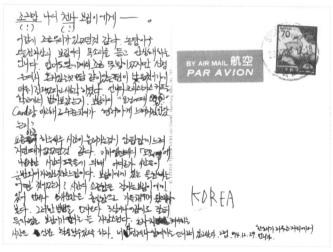

언니의 실제 친필 엽서 뒤(1994.12.29.)

7. 1995년도:
언제나 너를 걱정하는 언니로부터.
캐나다 밴쿠버 여행

1) 캐나다 밴쿠버에서 보낸다

보고 싶은 보림이 보기를….

Vancouver에 오는 것이 결렬되어 버려 언니는 너무 마음이 아팠다.[*]
너와 함께 밴쿠버의 이곳저곳을 둘러보리라 기대하며 기다리고 있었
는데…. 하지만 지금 언니는 어떤 의미에선 너의 결정이 오히려 맞았을
수도 있다는 생각을 해 본다. 그리고 실질상으로 언니에게 있어 보
림이와 함께 지낼 수 있는 곳이라면 어디라도 괜찮다고 여기기에(한
국이건, 일본이건, 미국이건, 독일이건) 다음에 같이 갈 기회를 꼭 만
들리라 생각한다. 언니는 지금 UBC라는 캐나다의 2번째 규모의 大
學에 와 있다. 하지만 미국과 비교해 왠지 산만한 느낌이다. 학생식
당 안엔 아시아의 학생들도 꽤 많이 있는 편으로, 다시 한번 이곳 밴
쿠버가 혼합적인 민족으로 구성되어져 있다는 것을 생각한다. 언니
에게 비쳐지는 캐나다의 이미지는 회색 물빛을 연상시킨다.

전쟁의 위험도, 지원도, 지진도 어떤 재해도 없이 미국 옆에서 2등 국
가로 만족하는 나라, 긴장이 느슨하게 풀린 듯한 셔츠의 앞단추가 풀어
진 듯한 분위기. 혼자서 많이 느끼고 돌아가겠다. 하루빨리 한국에 돌

---

[*] 언니는 독일에서 한 달간의 체류를 끝내고 캐나다 밴쿠버로 어학연수를 떠났다. 나는 당시 밴쿠버
로 함께 어학연수를 하기로 하였지만, 결국 시간상 못 하고 실망한 언니를 위해 2주 정도로 방학을
이용하여 밴쿠버를 단기로 다녀왔다.

하늘나라에서 온 언니의 편지

아가서 너랑 많이 많이 얘기하고 싶구나. **사랑한다. 나의 동생….**

1995. 2. 7. from 캐나다에서 언니로부터

2) 지그문트 프로이드 카드를 보낸다

Dear. 보림.

한동안 소원했었던 것 같다. 그동안도 건강히 잘 지냈는지. 이곳 일본은 4월 29일부터 5월 5일 어린이날까지, 골든위크데이라 연휴가 계속되고 있다. 4월의 처음 시작으로부터 마악 분주해지려고 하던 즈음 갑자기 일주일 이상의 연휴를 즐기는 이들을 도통 알 수 없지만 많은 이들이 이 틈을 이용해 해외여행을 한다든지, 여기를 여러 가지 스타일로 즐긴다. 내겐 이런 어물쩡한 휴가가 하루빨리 지나갔음 싶다. 실은 사랑니가 며칠 전부터 부어올라 제대로 식사와 수면을 취하지 못하는 나날들이 계속되고 있다. 때마침 연휴라 치과에도 가지 못하는 지경이고, 보림이도 이빨 관리는 평소 때 철저히 할 수 있기를. 새삼 건강한 신체로 생활할 수 있는 것이 얼마나 감사한 것인가를 느끼는 요즘이다. 내일은 치과에 가서 사랑니를 드디어 뽑을 것이다. 들은 바에 의하면 요즈음의 신세대들에게선 점점 사랑니가 생겨나지 않는다 한다. 점점 퇴화하고 있어 사랑니를 가진 세대들은 벌써 낡은 세대(?)라 할 수 있다고 한다.

참, 이 카드는 오스트리아 '윈'에 갔을 당시 '지그문트 프로이드'가 살았던 집에서 산 것이다. 기념으로 갖고 있으려고 했지만(그곳에서밖에 팔고 있지 않음) 네게 보내기로 했다. 소중하게 보관해 주길….

최근 들어 꿈에 네가 나타날 때가 많다. 언제나 건강하길. 특히 '이'

관리-요주의 바람.

1995. 5. 5. 언니.

언니의 실제 친필 엽서 앞(1995.5.5.)

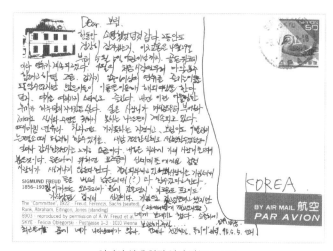

언니의 실제 친필 엽서 뒤(1995.5.5.)

3) 언니는 무척 기쁘고, 하나님께 감사드린다

Dear. 보림.

짙푸른 신록의 나무 위로 5月의 햇살이 눈부시게 비추어 내린다. 그 동안은 건강한지.

어제 저녁의 전화는 나를 무척 놀라게 하였지만[*] 이것도 하나의 주어진 찬스라 여겨지니 차근차근 준비를 할 수 있도록, 이 편지와 더불어 지도를 두 장 함께 넣어 보낸다.[**]

지도에서 알 수 있듯이 너의 학교와 나의 학교가 극과 극의 선상에 있다는 것을 알 수 있을 것이다.

아직까지 확실한 이야기를 듣지 않아 뭐라고 어드바이스할 수 있는 단계는 아닌 것 같으니, 차후의 상황이나 정보를 계속해서 알려 주기를. (학업비, 숙박을 포함한 문제들)[***]

앞으로 함께 있게 될 것을 생각하니 언니는 무척 기쁘고, 하나님께 감사드린다.

----

[*] 서울대학교 역사교육과의 고 윤세철 선생님의 추천으로 일본 쯔쿠바대학교의 교환학생을 1년 동안 가게 된 사실이었다.

[**] 지도는 아마도 언니의 학교인 중앙대학교와 내가 다니게 될 쯔쿠바대학교의 위치를 표시한 지도였겠으나 소실되었다.

[***] 실제로 일본 정부 장학생으로서 당시 금액으로 매달 10만 엔의 장학금이 지급되었고 숙박비와 비행기 왕복 티켓 등이 모두 지급되었다.

하늘나라에서 온 언니의 편지

그럼 또 연락하게 되기를.

1995. 5. 24.

언니로부터.

4) 언제나 너를 걱정하는 언니로부터

Dear. 보림.[*]

낮은 회색 구름이 공기층을 두텁게 뒤덮고 있다. 큐우슈 지역의 장마 영향이 이곳에까지 미치고 있는 까닭이다.

서울은 어때! 아직까지 괜찮은지. 얼마 안 있음 살인적인 더위와 불쾌지수 80을 넘는 습기에 턱턱 시달릴 생각을 하면, 지금은 가끔 선선한 바람이 아침저녁 불고 있으니 낫다는 생각을 해 본다. 김보림도 여름이 지나 오게 되는 것이지만 9월의 더위도 예상을 훨씬 넘는 것이니 단단한 각오를….

어제 작년 쯔쿠바대학에 들어온 金氏란 人에게 전화를 걸어 보았다. 별다르게 싫은 기색 없이 자세하게 이야기를 들려주었다.

일단은 간단하게 메모하여 적어 두었던 사항들을 쭉 써 보자.

◎ 기숙사(寮) 료(りょう)라고 읽는다. 기억해 두길.
- 한 달 定期的으로 100,000엔
- 기숙사 방은 샤워실이 없어 불편하며 방에는 4.5組(언니 방보다 조금 작은) 침대 하나 책상 하나. 그리고 작은 싱크대가 놓여 있음.

----

[*] 이 편지는 1995년 9월부터 문부성 장학금을 받아 쯔쿠바대학의 교환학생으로 1년간 오게 된 것이 확정된 나를 위해 언니가 쯔쿠바대학의 유학생을 수소문하여 쯔쿠바대학의 생활에 대해 알아온 바를 급히 적어 보낸 편지다.

샤워는 공동 샤워실. 一回사용료 70엔(이건 좀 심하다)

- 기숙사는 두 군데로 나뉘어져 있으며 쯔쿠바大學의 1, 2학년 학생들은(日本人) 全員 기숙사 생활, 3학년이 되면 근처의 APT를 얻어 나가야 된다고 함.

- 처음 도착 시 보증금조로 20,500엔(아마 나중에 돌려받을 수 있다고 보지만)

- 1개월 방세 10,300엔(이것도 의외였으나 수도, 가스, 전기 등 아마 포함되어 있으리라고 봄)

- 식사는 학생 식당이 있으나 음식이 질릴 경우 취사로 할 수 있다고 함.

- 생생한 현장 소리: 金氏) 日本 음식은 너무 달고 안 맞아서 전 혼자 해 먹고 있어요. 식당은 500엔 정도의 음식이 최고 비쌀 거예요.

- 金氏 왈 → 주변에 개와 고양이들이 득실거려 Pet 싫어하는 人들에게는 고통. 샤워실이 없어 불편하여 지저분하다고 함.

◎ 生活環境面

- 주변에 매점을 비롯한 상점들이 있다고 함.

- 학교 캠퍼스는 中央보다 무척 넓으며 시설은 쾌적하다고 할 수 있다고 함. 자전거가 있으면 좋다고 함.

- 전 학년 中國人 500명, 한국인 300명가량, 그 외 인종들

- 인구 15만 人

- 주변에 公園

- 생활비는 100,000엔 정도로 사치는 할 수 없지만 모자르지 않을 정

도라고 함
* 작년에 들어온 사람들 데이터: 고려대 4, 서울대 1, 연대 1(같은 장학금)⋯ 전체 합계 12인 정도

◎ 交通の方
- 쯔찌우라라는 곳에서 BUS를 타면 학교까지 20分(학교는 東京方面으로 향해 있음)⋯ 전에 40분이라고 하였으나.
- 쯔쿠바엔 고속버스 터미널이 있어 만약 東京(언니가 살고 있는 지역도 포함해 東京지역이라고 한다.)으로 나가기 위해선 직행 버스가 있다고 한다. 東京驛 야에스 北口 도착. 1시간 30분 경유. 탈 때에는 南口

◎ 授業面
- 처음 도착 후 Placement Test가 있어 각 레벨을 측정함. 중급 입문, 중급 1, 중급 2, 중급 3(金氏는 この class)
- 학부수업 청강은 원칙적으로 10단위 이상 취득하지 않으면 Visa상에 문제가 있다고 하지만 전혀 상관없다고 함. 그의 경우 자신의 학과 수업 2과목만을 듣고 있다고 함. 학부수업은 日本人들과 함께. 1시간 수업은 1시간 15분 정도. 나머진 일본어 수업. 그의 경우 평균 월~금까지(토, 일 휴일) 하루 2과목 가량의 수업
- 1 Class 평균 인원 20명 전후(日本語 授業)
- 전공보담 일본어 공부 중시 경향

- 9월 들어오는 인원은 4월보다 적다고 함

◎ 그의 개인적 Advice(생생한 sound)
- 솔직히 한국인이 너무 많다(300명 이상) 기숙사의 한국인들의 들어오고 나감이 있어 안정감이 없는 것
- 처음엔 他國이라 외롭고 심심해 매일 사람들이랑 어울리고 하였는데 서로 간에(한국인 간) 뒷따마 까기(이 단어에 조금 쇼크)를 너무 좋아하고 실망이 너무 크다.
- 일부러 일본에 공부하러 왔는데 한국 사람들이랑 어울리다가 가는 느낌
- 일본인 친구를 사귀는 것이 좋음
- 그리고 같은 한국인끼린 선을 긋고 사귈 것(힘을 주어 당부)

이상이 그 내용이다.

더 묻고 싶은 사항들이 있으리라 보지만 너무 1~10까지 속속들이 알아 버리면 의미가 없어질 것 같다. '백문이 불여일견' 佛敎에서는 '천문이 불여일견'이라 한다고까지 한다.

지금 언니로선 기숙사 생활이 걱정이다만, 확실한 언니 동생 보림이기에 잘 생활해 나갈 수 있으리라 본다.

만약 할 수 있다면 너와 나 함께 기숙사를 직접 방문하여 적당한지 안 한지를 한번 볼 필요도 있을 것 같고.

金氏는 너무 한국인 간의 문제를 피력했는데 日本人 친구도 언니도

있고 많이 네가 일본인 친구들이랑 접할 수 있도록 배려할 것이니 **너무 걱정 말아라.**

나머진 너의 意志와 공부하려는 노력.

급히 내용들을 보내 주어야 한다는 생각으로 두서없이 어지럽게 적어 보낸다. 또 궁금한 사항이 있으면 연락해라. 일본에 오기 전까지 기초 체력을 어느 정도 길러 둘 필요가 있으니(한국적 음식을 먹는 것에 불편해질 터이니) 지금 많이 축적해 둘 것. 그럼.

언제나 너를 걱정하는 언니로부터
1995. 6. 5.

하늘나라에서 온 언니의 편지

5) 먼 내일에 꿈을 두고 살아가는 아름다운 여인이 되자

To. Bo rim.*

Hi! How was your today?

good or bad?

생각해 보면 이것은 일종의 통과제의인지도 모르겠다. 외로움을 이겨 내고 두려움을 이겨 내고 낯설음을 이겨 내는 통과제의.

하지만, 우리들은 지금까지 여러 번 크고 작은 통과제의를 늠름하게 거쳐 나왔다.

오늘은 소중히 여기되 어제를 소홀히 생각하지 않고 먼 내일에 꿈을 두고 살아가는 아름다운 여인이 되자. 아름다운 여인이란 내적인 강인함이 필요 불가결한 요건이라고 보고 싶다. 外的 아름다움이란 지극히 짧은 한순간의 조우로 지나가는 것일 뿐, 차고 투명한 지성의 이마를 가진, 그러면서 천성이 부드럽고 따스한 가슴을 가진, 언니 동생 보림이가 언니는 누구보다도 아름답다고 본다. 지금은 강인함을 터득하기 위한 step, 그곳에 서 있다는 것을 인식하며, 서서히 차갑게 깊어 가는 초겨울을 맞이하자. Bye Bye.

1995. 11. 9. 언니

....

* 이 편지는 언니는 도쿄에, 나는 쯔쿠바에 체류할 때 언니가 보낸 편지다. 같은 일본 하늘 아래 있음에도 내가 홀로 외로울 것을 늘 걱정하는 언니였다.

6) 성탄과 새해를 맞아 네게 하나님의 축복이

Dear, 김보림.

다가오는 **성탄과 새해를 맞이하여 늘 하나님의 축복이 네게 함께 임하길** 언니는 늘 기원한다. 日本에서 맞는 처음 크리스마스, 특별한 의미가 있을 줄로 안다.

올해의 노력이 내년의 좋은 결실로 열매 맺을 수 있기를….

또한 여드름 또한 내년엔 대폭 줄어들기를….

1995. 12. 24. from 언니

8. 1996~1998년도:
졸업 그리고 귀국. 작은 것에서부터
자기 자신을 돌볼 수 있기를

1) 역시 더불어 살아야 하는 것일까?

보림이 보기를…♥♥

학교에서 돌아와 비워진 우편함을 흘깃 바라본 채 엘리베이터에 힘없이 몸을 싣는 너의 모습을 연상하며 이 글을 띄운다.

가을로 들어서자마자 누구보다 먼저 감기를 독하게 맞은 탓에 이제는 강철 같은 면역성을 지니게 됐기에 남은 것은 학교생활을 충실히 하는 것이겠지. 언니도 아니나 다를까 돌아오자마자 호되게 정신과 몸을 앓아야 했다. 이곳 날씨도 생각했던 것보다 기온이 낮았고, 태풍 21호가 화려하게(?) 나를 반겨 주어 덕분에 우울한 Blue의 시간을 보내야 했다. 오늘은 2학기 처음으로 수업에 참석, 클래스의 女の子와 三富先生, 內山君 등 몇몇의 지인들을 만나고 나니 처음으로 기분이 밝아지는 기분이다. **역시 더불어 살아야 하는 것일까?** 새삼스럽게 느껴 본다.

돌아와서의 감상은 여러 가지가 있을 수 있었겠지만 일본은 한국보다 소음이 적다는 것이야. 불가피한 소리 이외의 것은 극적으로 피하는 듯. 필요 이상의 잡음들을 만들어 내지 않는다. 만약 내가 보았던 자갈치 시장의 한 아주머니가 이곳에 와 한번 소리를 지른다면 일본 전역이 폭삭 내려앉으며, 일대 피니크가 일어날 것 같은 상상을 하며 혼자 웃어 보았기까지 했다. 그 적적함이 심히 며칠 동안 나를 끊임없이 괴롭히기도 하였지만, 시간이 지나면 나아질 테지, 라고 생각해 본다.

하늘나라에서 온 언니의 편지

오늘 학교에서 돌아오니 おしさん의 녹음 전화가 들어와 있었다. なごや에 계시다는 것과 별 말씀 없었지만 다시 연락이 오겠지. 헤르만 헤세의 수채화전에서 산 내가 아끼는 엽서를 보낸다. 그의 50세 모습이다. 苦惱에 의해 맑게 닦이어진 中年의 그의 모습이 인상적이다. 그럼 또 연락할게.

1996. 10. 2.
언니가. 너를 무척 사랑하는.

언니의 실제 친필 엽서 앞(1996.10.2.)

언니의 실제 친필 엽서 뒤(1996.10.2.)

2) 무엇보다 늘 건강한 보림이로 있어 다오

めちゃくちゃ 귀여운 김보림의 生日을 진심으로 축하한다!

올해의 언니 生日에 쯔꾸바에서 베풀어 준 작은 케잌과 야끼니꾸, 그리고 와까베 스프의 따스한 사랑을 언니는 잊지 않는다. 이제는 언니가 준비할 차례인데, 이렇게 떨어져 있어 아무것도 해 주질 못하는구나. 韓國年(とし)로 이제 25세가 된 것인가?

한 살, 한 살 성의 있게 나이를 들어 가는 나의 동생 보림이가 언제나 언니를 기쁘게 한다.

그리고 무엇보다 늘 건강한 보림이로 있어 다오. 참! 자진해서 스케치북에 25세라 기입해 사진 찍어 보낼 것!

너의 생일을 앞두고 언니.

1996. 11. 29.♥

언니의 실제 친필 엽서(1996.11.29.)

하늘나라에서 온 언니의 편지

3) 컴퓨터라는 신문물

건강한지?

최근 外部의 충격으로 인해 半自己 소멸 상태로까지 자신을 놓아두었다.˙ 아직도 그 여파가 가신 것은 아니지만 컴퓨터에 앉아 있는 시간을 늘리든가, 손 곁에 놓여 있는 책 등을 읽으며 기분을 안정시키려 하고 있다. 人工的으로라도, 앞을 向한 熱情, 生의 되풀이로의 힘든 그 열정을 위해 다시 심지에 불을 붙여 보고자 하려 한다.

지금 내 곁엔 가장 가까이 느껴지는 건, **혼자 지켜받는 새벽의 적막, 그리고 그 적막을 形成하고 있는 압축된 밤의 무게, DTP˙˙를 해 보았다. 각각 분위기가 틀린 그림 한 장씩 보낸다.** 食事, 위장을 생각해서 거르지 말길. 그러면(거르면) 건강할 수 없다. 그럼 또.

너를 무척 사랑하는 언니로부터

1997. 3. 12.

˙ 언니는 1997년 졸업 예정이었으나 학점의 단순한 계산 실수로 졸업을 하지 못한 것에 상당한 충격을 받았다. 이 편지에는 그러한 속상한 심정이 가득 담겨 있다.

˙˙ Desktop Publishig(DTP): 개인용 컴퓨터를 이용한 전자 편집 인쇄 시스템. 당시 일본에서는 사진을 인쇄하는 기술이 젊은 층에 유행이었다. 자신이 직접 디자인하고 편집한 사진과 그림들을 편지, 엽서, 노트 등으로 만든다는 의미에서 많이 활용되었다. 언니가 보낸 DTP는 세련되고, 발랄한 언니의 이미지를 그대로 보여 준다.

P.S. 피어스를 보낸다. 예쁘게 착용하기를….

언니가 직접 컴퓨터로 그린 편지지(1997.3.12.)

하늘나라에서 온 언니의 편지

4) 기호론, 인지언어학 책들을 베개 삼아

나으* 동생 寶林 보기를.

梅 잎도 어느덧 그 화사함을 감추고, 계절은 바야흐로 春 기운으로 가득 차 있는 것 같다. 그간도 건강한지.

오늘은 5年生**이 되어서 첫 수업. '독일어학개론' 授業에 들어가자마자 교수가 出席 CARD를 나누어 주며 각 학년을 묻고 있었다. "君は何年生?" "ハ? ア! 5年生です-" "しかし万年學生私, かんばろう!" 寶林이도 이 언니를 應援해 주라. 참고로 東京大의 經濟史 커리큘럼의 카피를 보낸다.*** 人文科學이 아닌 경제학부 쪽이기 때문에 그 점도 잊지 말길. 언니 생각 같아선 卒業論文도 경제사 쪽에 관계가 있는 쪽을 선택하는 것이 유리하지 않을까 싶다만 어떻게 생각하는지. 더불어 요즘 일본 大學가에선 정책학부 안의 '國際關係學'이라는 학과가 인기가 있어 보인다. 국제관계학에서도 다시 여러 가지 전문으로 나뉘어지는 것 같다.

etc) 비교국제정치학, 비교국제경제학, 비교 경제사 등등. 어쨌든 大

---

* 언니는 전라도 사투리처럼 '나의'를 '나으'로 '너의'를 '너으' 등으로 표현하기를 좋아했다. 이러한 작은 것들이 언니의 유머러스한 모습을 보여 준다.
** 언니는 졸업 학점 때문에 학교를 1년 더 다니게 되었다. 그래서 마지막 학년을 '5年生(5학년)'으로 호칭하고 있다.
*** 당시 서울대학교 4학년에 재학 중이던 나는 진로를 언니와 상담했고, 언니와 함께 일본에서 공부하기 위해 도쿄대학교의 석사과정을 언니에게 문의했다.

學院이란 어느 하나 맥과 상통하는(연구과제) 부분에 대한 향학심이 있다면, 그다음은 어떤 형태로든 知識을 넓게 흡수하며, (자신의 것으로 만들어) 파고들어가는 것이 중요하다고 본다.

지금 이 편지를 쓰고 있는 것은 中央도서관, 욕심을 부려 言語學에 관한 서적을(10冊 정도) 기호론과 언어철학, 소슐(France 언어학자, 사상가)의 사상, 기호론, 인지언어학의 기초, 日本語は國際語になるか, 언어학 入門, 日本ことばと心 등 눈앞에 쌓아 놓고 베개로 삼을까 생각하고, 아니 아니 읽으려고 한다.

보림이도 구체적인 방향에서 어떠한 研究를 하고 싶은 것인가 서서히나마 찾아내 보길 바란다.

그리고 그 부분에 관한 서적들은 한국에 있는 동안 될 수 있으면 많이 읽어 낼 수 있도록. 그럼 또 연락하마.

P.S. 이 색연필은 매직 칼라다. 하나 보내 줄까?

1997. 4. 14. 너으 Onni가

하늘나라에서 온 언니의 편지

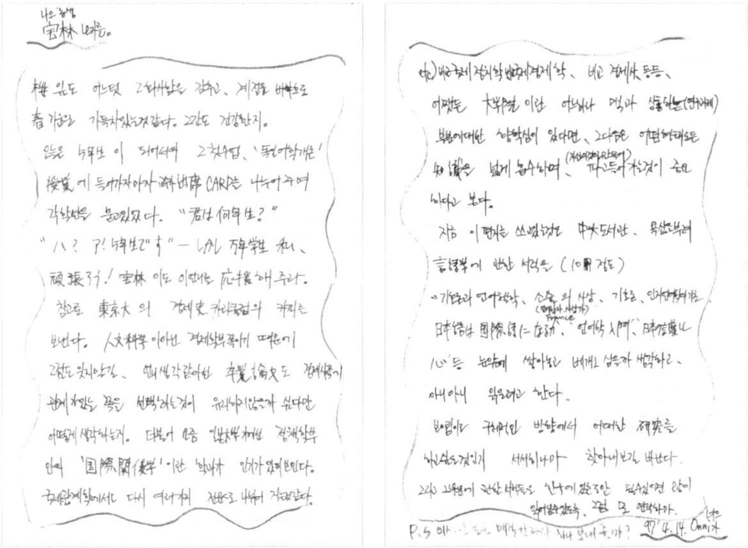

언니의 실제 친필 편지1, 2(1997.4.14.)

5) 이 세상의 어느 누구도 언니를 이렇게 사랑할 수 있을지

사랑하는 언니 동생 보림이를 보기를…

28년을 살아오면서 어쩌면 이보다 힘든 일도 더 많았던 것만 같은데 지금의 時間들 또한 왜 이리 精神的, 肉體的으로 나를 힘들게 만드는지….

자신의 意志로도 어찌할 수 없는 답답함이 가족이라는 울타리 안에서 맘껏 나를 あまえぼう로 만들고 있는 것 같다.

이 세상의 어느 누구도 언니를(엄마 이외) 이렇게 사랑해 줄 人이 있을는지….

네가 언니를 걱정해 주는 마음, 그 정성. 왜 모르겠니? 때론 한없이 엇나 보이고, 주체할 수 없이 흔들리는 나의 모습을 네게도 보이면서 얼마나 괴로운지.

언니, 빨리 낫도록 노력할게. 마음도 강하게 먹고, 다시 地面에 다리를 둘 수 있도록-

너도 大學院 한 줌의 후회 없는 努力을 기울일 수 있도록… 잘해 나가리라 믿는다. 언니는….

하면 한다는 불굴의 의지를 가진 보림이를 언니는 누구, 무서울 정도로… 보다 잘 알고 있다.

a.m. 10:50

서울역을 向해 떠나는 언니로부터- 사랑을 담아.[*]

6) 너의 뒤에는 언제나 응원하는 가족이 있다

보림이 보기를.

요사이 무척 날씨가 싸늘해져, 가을을 충분히 만끽해 보기도 전에 벌써 알싸한 초겨울이 예감되는 것 같다.

한국에서의 '겨울은' 결코 장난이 아니라는 것을 알기에 성급하게 하강해 버린 기온이 다소 얄밉게 느껴진다.

부산에서의 짧은 여정이 네게 힘이 되었는지.

생각 같아선 좀 더 머물며 식사도 제대로 할 수 있었음 했다만 너의 意志 강경하여 내 그리 너를 보내었다.

시험까지 이제 정확하게 한 달가량 남았구나. 마음이 조급해지리라 보나 콘스탄츠하게(한번 써 봤다.) 페이스를 유지해 나가며 시험일까지 응할 수 있도록.

그리고 네가 그토록 염원해 마지않던 파란 가디건을 눈물을 머금고 보내니 따뜻하게 잘 입도록. 눈물로 얼룩진 자국 ⬭ *

그냥 겉옷으로 하나만 입으면 찬 기운이 스며드니 내복이나 안에 옷을 받쳐 입도록 해라.

엄마가 택배로 조금 전 부친다 하여 서둘러 글월 몇 자 적어 본다.

언제나 결과에 개의치 말고 最善을 다하는 너의 모습을, 스스로 자

---

* 실제 눈물자국이라며 표시를 한 곳에는 눈물이 있지 않아 웃었던 기억이 있다.

랑스러워할 수 있는 너이길 언제나 언니는 바란다. and 너의 뒤에는 언제나 한결같이 보이지 않는 마음으로 응원을 보내고 있는 레드데빌 아니 가족 응원단이 있다는 것도 잊지 말고….

그럼 총총….

1997. 10. 28. 부산 반송의 온돌방에서 엎드려 글을 쓰는
언니로부터-.*

---

* 언니가 일본에서 돌아와 엄마가 계시는 부산에서 대학원 일들로 바쁜 나를 응원하는 편지다. 시험에 집중하라고 언니는 서울에 오는 것을 미루고 나를 배려하여 부산에 체류하였다.

7) 작은 것에서부터 자기 자신을 돌볼 수 있기를

Liebe meine Schwester 보림(譯主: 나의 동생, 마이네 슈베스터)

お元氣? 4月은 日本의 사쿠라가 만개하는 계절!

조금만 거리를 나서도 연분홍 꽃잎들이 흐드러지게 핀 사쿠라나무들의 행렬을 볼 수가 있다.*

네가 돌아가고 나서** 한동안 말로서는 표현하기 힘든 허전함이 남아 마음을 잡기 힘들었지만 지금은 다시 '자리 찾기 단계'로 들어가 Next Plan을 향해 突入하고 있다. but, 정작은 마음만이 급할 뿐 마치 감자 사라다를 으깰 때의 느낌과도 같은 중량의 프랫샤가 몸을 누르고 있는 상태라고나 할까.

이럴 때일수록 느슨해지기는 싫기에 주변의 작은 것들에게부터 내가 정성을 기울이는 習慣을 만들어 가고 있다. 매일 조금씩 호흡하며 녹색의 푸릇한 멧세지를 보내 주는 화초들을 돌보는 작업. 설거지 하나에서 청소까지 뽀득뽀득 광이 날 때까지의 작업 etc.

처음부터 '광땡'(어허 예전 버릇이 나오네.)***만을 바랐던 기분을 180℃ 전환시켜 자그마한 것도 소홀히 않는 자세로 앞으로의 각오와 더불어 태세를 갖추어야 된다는 생각이 드는 요즘이다. 기침은 Just So

---

* 편지지에는 언니가 직접 그린 벚꽃이 만개한 꽃나무가 그려져 있다.

** 일본은 4월 초 학기가 시작되고 3월 말에 졸업식이 있다. 언니는 1998년 3월에 졸업식을 했다. 나는 다행히 시간을 낼 수 있어 한국으로부터 날아가 언니의 졸업식에 참여하였다.

*** 장난기 많은 언니의 글 속 위트다.

So, 내일은 埼玉 의대에 다시 가 볼 예정이다.

그리고 Sepia 사진을 동봉한다. 같이 찍은 칼라사진보다 훨씬 잘 나왔지? 방 안에서 찍은 너의 형형색색의 포즈도 그야말로 언니의 '나이스 샷터'로 作品에 가까운 경지를 느끼게 한다. 마지막 장에 찍은 학사모 사진은 확대하여 사랑하는 엄마에게 보내려 한다.

서울로 돌아가 다시 마르지는 않았는지. **식사 끼니 거르지 말고, 작은 것에서부터 자기 자신을 돌볼 줄 아는 나으 동생이길 바란다.**

그리고 석사 공부와 문부성 시험에도 最善을 다하길….

너를 아낌없이 사랑하는 언니가.

1998. 4. 6.

Liebe meine Schwester 보경.

(親愛 나의 동생. 마이버 슈베스터)

언니의 실제 친필 편지(1998.4.6.)

8) 神은 人間에게 잊어 가는 사실에 대한 힘도 주셨다지

Dear. My Sister 보림.[*]

건강한지. 오늘 처음으로 너의 大學에서 보낸 E메일이 도착하여 볼 수 있었다. ¥은 일본어의 로마자 표기, 반은 英語, 물론 100% 다 理解는 했지만 한글로 읽을 수 있었으면 하는 아쉬움이 생겼다.

E-MAIL이란 편지만큼 따스한 정감을 전달하긴 힘들지만, 아무튼 편리하다고밖에 말할 수 없겠지.

오늘 日本은 (E-Mail에도 썼지만) 오후엔 영상 25도씨를 넘는(어쩌면 그 이상일지도) 더운 날씨로 초하를 연상시키는 듯하였다. 아직 4月임에도 불구하고.

양 볼이 매서운 冬장군의 바람에 찌릇찌릇 느껴지는 겨울을 좋아하는 언니에겐 왠지 태양열 그득한 계절이 다가옴이 심히 못마땅하지만 별 수 없지, 쳇.

 **문득 얼굴을 들어 出窓을 보니 네가 주고 간 화초가 너무도 건강히 줄기를 힘차게 뻗어 나아가고 있는 모습이 들어온다.** 마치 요즘 네가

에어로빅을 시작하고 있는 즈음과 맞춰 팔, 다리를 율동감 있게 움직이고 있는 듯하다. 이름이 뭐랬지, 스마일…?? 나이 탓이니 이해해라.

하루하루의 時間들을 한시도 무위로 보내지 않고, 충만한 것들로 메워 나가는 너의 모습이 항상 얼마나 언니에게 Fresh하게 비춰지는지. 얼마 전엔 문득 한밤중의 詩的 이스프레이션에 감지되어 '머리칼'이란 제목으로 詩를 썼는데 끝에 너를 위해(여동생을 위해 바치는 詩)라 적었다. 저번 '웅덩이'란 시를 너무 혹평하였기에 이번 시는 다음번에 알려 주마. (詩人 문단에 定式으로 등단하고 난 뒤)

할머님의 장례식에 참석할 수 없어 마음이 아팠지만 네가 이 언니의 몫까지 대신해서 참가해 주었으리라 믿는다. 벌써 20년 전쯤에 別世하서 이미 먼저 자리를 기다리고 계시던 외할아버님이 '인제 오나. 참으로 많이 기다리게 했구만'이라고 말씀하진 않으실는지.

사람들이 200여 명 가까이 참석했다는 것은 할머님이 살아생전에 진실로 좋은 업을 많이 쌓으셨다는 것을 증명하고 있는 것이리라. 우리에겐 엄마의 엄마가 돌아가시고 이젠 엄마 한 사람뿐이 안 계신다. Only….

아주 가까운 곳에서 死의 통보를 받게 되니 갑자기(주변의 모든 것들에 대해) 實存주의적 회의감이 싹트는 듯한 느낌을 받았으나 神이란 人間에게 망각 아니 잊어 가는 사실에 대한 힘도 함께 부여하셨기에 또다시 지금의 현실의 주체들을 껴안아야만 해야 되리라.

가끔 언니에게 반문한다. 나는 왜 지금 이곳에 있는가라고.

서로의 實體에 눈떠 버려 이제는 아무런 意味를 부여할 수 없는 상대가 있기 때문에? 진실로 가슴으로 위로받을 수 있는 親友가 있기 때문에? 아니면 Money 때문에?

아니, 아니다.

그래, 네가 보면 어떤 막역한 고집의 연장선에 있는 것처럼 보일 수가 있겠지만, 자기 자신과의 싸움에서 지고 말았다는(나 자신에게만 부여할 수 있는) 패배감이 싫기 때문일 거다. '바른 모습의 나'를 점검시키기 위한 토대를 여태껏 20대를 소비하며 지내왔던 土地에서 한 번은 만들어 봐야 한다는 생각 때문일 거다. 불현듯 한순간 이러한 아집이 쓰잘데없는 잔여물에 지나지 않는다는 생각이 들 때쯤 이미 한국으로 들어가 있겠지만, 지금은 한 다리를 올려 한 걸음 앞으로 앞으로 디디어 보아야 한다는 생각이 집요하도록 나를 붙잡고 있다.

괴롭도록….

너와 엄마가 걱정하는 기침은 지리멸렬하게 지속되고 있어 肉體的 패배를 증명하고 있는 듯하지만, 아직은 아직은 나의 정신력이 健在하다는 사실을 스스로에게 立證해 보여야겠다.

사랑하는 할머님의 '死'로부터 엄마와 너에 대한 사랑의 결속의 힘을 더욱 강해지게 하는 무엇을 배운다. 그럼 또.

1998. 4. 20. 언니.

9) 우리는 이 세상의 누구보다 서로를 잘 알고 있다

…in the Mister Donut.

How have you been? 매번 E-mail을 통해 영어를 사용하다 보니 편지에도 자연스럽게 이런 듯-

아침부터 추적추적 내리던 雨는 저녁 어스름이 깔리기 시작하는 지금까지 여전히 내리고 있다.

이번 편지도 저번에 편지를 썼던 장소와 같은 Same 미스터 도너츠로 자전거를 타고 훌쩍 나왔다.

매일 학교와 집-학원을 왕래하며 매일을 보내고 있겠구나. 집에 돌아와서도 '잘 다녀왔니'라고 말 건네줄 한 사람 없이 휑덩그런 공간 속에 홀로 묵묵히 저녁을 준비하고 잠드는 너의 모습을 생각하면 마음 한편이 아련히 저려 온다. 늘 마음속의 평정을 유지하는 방법을 누구보다도 잘 터득하고 있는 너이기에 생활의 단조로움 속에서도 중용을 잃지 않고 시간을 잘 보낼 줄 안다마는 언니 또한 오랜 시간 동안 '홀로'임이 얼마나 정서적으로 견디기 힘든 부분이 있다는 것을 직접 체험해 왔기에 노파심에서 이런 말을 하게 된다.

주변을 둘러보아도(미스터 도너츠에서 미스터 도너츠를 먹고 있는 사람들) 역시 삼삼오오 대화를 하며 쾌활히 웃고 있는 표정으로부터 혼자 있을 때는 경험할 수 없는 かがやき를 발견하게 된다.

하늘나라에서 온 언니의 편지

　물론 '혼자' 있을 수 있는 人만이 여러 사람과 더불어 있을 수 있다는 금언이 있지만 역시 손톱 끝까지 혼자임을 느끼는 순간이 그리 유쾌하지만은 아님이 사실인 것이다.

　지금 왼쪽 옆에 한 中年의 아주머니가 번호표와 음료수를 들고 싱글석에 앉았지만 담배를 꺼내 피기 시작해 이곳까지 연기가 흘러 들어오고 있다. 기침을 앓기 전에도 담배를 옆 사람 상관치 않고 피우는 이들에게 찌푸린 눈길을 보냈던 나이지만, 담배 연기에 민감히 반응케 시작한 후로 남녀노소를 불구하고 주위에 신경을 쓰지 않는 Smoker들에게 더할 나위 없는 혐오를 느끼게 되었다. 얼마 전 일본 전 항공에서 '전면 금연'을 실시하게 되었다는 이야기를 들었으나 서구의 선진국이 이미 이전부터 실시해 오던 것에 비해 상당히 늦었다는 것을 지각하는 이들은 적은 것 같다. 특히 좁은 공간이 많은 日本에서의, 세계에서의 담배 판매가 세계 2위라 불릴 만큼 Smoker들이 많다는 것은 그만큼 Non Smoker들의 피해가 크다는 것을 입증하고 있는 것일 게다.

　캐나다에서 어느 레스토랑이나 사무실에서도 담배 피우는 이가 없이 청정했던 공기를 다시금 생각나게 한다.

어디에서건 えんりょ하지 않고 담배를 입에 꺼내 무는 이들에게 있어, 유해한 연기(자신의 폐 속에 들어갔다 다시 걸러진)가 옆 사람의 의지와 상관없이 피해를 준다는 사실을 인식하기에는 스스로의 달콤한 니코틴 중독에 이길 수 있는 자제력이 너무나도 결여되어 있어 결국은 자신의 욕구 충족을 우선시키고야 말게 되는 것이다.

이러한 문제는 담배 피우는 이들의 입장으로부터 발설되는, '보수적이다. 몰개성적이다. 이해력이 부족하다'라고 반론되는 차원의 문제는 아니라는 것을 알게 하기는 힘들다.

하긴 좀 전 일본이 세계 2위라 전했지만 1위가(담배 흡입량) 우리나라 대한민국이라는 것에는 이 정도 해 둘 필요가 있는 것 같다.(더 이상의 말이 필요 없으므로) ただ 앞으로 대하게 될 이들이 もし 담배 애호가라면 먼저 50부터 하고 つきあい하게 될 것이 확실하다는 것만 알게 되길.(누구한테 이야기하는 거야 いったい?)

어느샌가 나의 담배 비판과 독설에 가까운 혹평에 옆자리의 아줌마가 슬그머니 자리를 뜨고 없다. 역시 'The pen is mighter than the sword'인가 부다.

이야기가 바뀌지만 저번 책갈피가 끼어 있던 너의 편지 겉봉에 쓰여 있던 스티커의 문구가 굉장히 귀여웠던 것을 떠올린다. '등을 가깝게 대고 있으면 서로가 무엇을 생각하는지 잘 알 수 있지'였던가. 그래, **우리는 자매이기 때문에 늘 어렸을 때부터 등을 맞대고 잤었기 때문에 이 세상의 누구보다 서로를 잘 알고 있다고 본다.**

　　　　　　　　　하늘나라에서 온 언니의 편지

자그마한 슬픔의 편린도, 기쁨의 순간들도, 언니도 氣のきいた日本제 스티커를 찾아보았지만 ちょうSimple한 내용밖엔 찾을 수 없었다.

언니의 가장 가깝고 사랑스럽기 그지없는 동생 보림아!

아주 오래전 '둘 다 대학교에 함께 다니면 좋겠다, 그지?'라고 청계천을 지나는 버스 안에서 약속했던 우리들의 (학생 때) 다짐이 현실로 이루어진 것처럼, 이제 우리 다시 '우리 둘 다 스스로의 직업에 만족할 수 있는 보람 있는 성공을 맺을 수 있으면 좋겠다.'라고 약속할 수 있으면 좋겠다.

그럼 또 서신과 E-mail로 연락하자꾸나. 건강에 유의하고.

1998. 5. 18. from 언니.

부록

부록에는 주로 언니의 유학 시절 어머니가 언니 또는 내게 보낸 편지글과 언니
가 어머니에게 보낸 글들을 수록하였다. 훨씬 많은 서신들이 오고 갔지만 이사
와 세월의 탓으로 소실된 것은 매우 안타깝다.

1. 큰딸이 어머니께1

　어머님께-.

　밝아 오는 새해에는 원하시던 모든 일들이 성취되어지며, 늘 건강하시기를 기원합니다.

1995. 1. 1.

큰딸 亨珍 올림.

언니의 실제 친필 연하장(1995.1.1.)

하늘나라에서 온 언니의 편지

2. 큰딸이 어머니께2

어머님 보시길….

창문 밖으로 보이는 오렌지 나뭇잎들이 가을로 들어서 조금씩 퇴색해져 보이는 요즘입니다. 한없이 좁고 답답한 나의 방이지만, 방에 비례해 커다란 창문과 밖의 경치를 바라볼 수 있음에 있어 유일한 즐거움이 되어 줍니다. 엄마 앞에서 이런 말을 해서는 안 되지만 나이가 듦에 따라(?) 나무라든가 하늘, 강물, 새들 등 이러한 자연을 형성하는, 항상 같은 모습을 보여 주는 것들이 마음을 편안하게 만들어 줌을 느낍니다. 도회적 화려함 안에서도 때론 스트레스를 잊어버릴 수는 있지만, 그러한 것들은 늘 무언가 일시적이며, 순간적으로 선사되어지며 지속성이 결여되어 있어, 가식적인 느낌을 가집니다.

독일의 대문호 Goethe 괴테도 작품을 쓰는 도중에도 한 번씩 자연 안으로 훌쩍 여행을 떠나 그 안에서 새로운 영감을 얻으며, 인간적인 우애가 다시 솟아날 수 있다고 이야기했습니다. 지금보다 좀 더 나이가 들어 갈지라도 언제나 자연을 감상할 수 있는 마음을, 여유를 잃지 말자고 생각해 봅니다. 일본에서는 제가 돌아오자마자 한차례의 태풍이 지나갔습니다. 기온도 서울보다는 3, 4도 낮은 탓에, 낮에 외출할 시에도 반드시 쉐타나 긴팔을 준비해야 합니다. 부산은 서울보다는 따뜻하죠? 보림이의 편지에도 썼지만, 일본은 서울의 딱 반만큼 조용하다는 생각을 합니다. 필요 이상의 잡음은 극도로 삼가며, 사람들도,

차로 조용조용히 진행됩니다. 그러한 적절함이, 혼자 있는 유학 생활에서는 어찌할 수 없는 외로움을 형성하는 요소가 되기도 하지만, 익숙해지다 보면 마음의 안심감을 얻을 수 있게 됩니다. 어쩌면 모든 것이 안정되어 있는 선진국들이 가지는 특징일지도 모르겠습니다.(독일이나 캐나다, 미국에서도 느꼈던 것이기에) 그리고 요게무라 선생님*이 써 주신 편지를 번역을 해서 함께 동봉합니다. 바탕 그림과 제가 쓰는 편지지도 직접 컴퓨터로 만들어 주셨습니다. 그럼, 엄마. 또 편지드릴 것을 약속하며, 일교차가 특히 심한 요즘 감기에 유의하시길,

1996. 10. 3.

엄마의 장녀딸 亨珍

* 요게무라 히로시(防村浩) 선생님은 20대 언니에게 많은 영향을 끼친 분이다. 태평양어학원에서 선생님과 제자로 만난 사이로 언니가 처음 일본 생활을 정착하는 데 많은 도움을 주셨고, 불문학을 전공하신 탓에 언니에게 문학적, 철학적 사변을 넓혀 주셨다. 무척이나 깔끔하고 세심한 성격으로 엄마와 내가 96년 여름에 방문하였을 때 집으로 초대하여 그의 부모님과도 함께 저녁식사를 하였고, 엄마가 집으로 돌아오신 후 그 답례로 한국적 전통 차탁(茶卓)을 언니를 통해 보내 선물하였다. 그에 대한 감사의 편지를 언니가 번역한 글로 이 편지와 함께 보낸 것이다.

하늘나라에서 온 언니의 편지

3. 어머니가 두 딸들에게1

사랑하는 엄마 딸들아.[*]

그동안 추운 날씨에 건강하게 잘 지내고 있느냐. 몸과 마음이 주 안에서 늘 담대하며 밝고 명랑하길 바란다. 교만하지 말고 항상 겸손하며 하나님께 감사하는 마음 잊지 말고 교회를 다니며 하나님 말씀 듣고 지혜롭게 아름답게 살기를 원한다.

오늘 반찬 몇 가지 만들어 보낸다. 옆 친구들과 나눠 먹고 해라.

팬티, 브라자 마음에 들지 않으면 다시 붙여라. 바꿔 준다 했다. 여기 시장에선 다양하게 예쁜 게 없어 많이 못 싸 붙인다.

형진이 등록금은 언제 붙이면 되느냐? 미국에 가는 것 잘 생각해서 확실한 길을 정하도록 해라. 학교도 잘 선택하여 잘 알아봐라.

된장 끓이는 법.

된장-2스푼

다시다-2/3스푼

양파-반쪽

고추-2~3개

---

* 이 편지는 내가 일본에서 1년간 쯔쿠바대학교의 교환학생으로 가 동경에 있던 언니와 함께 주말이면 함께 생활하던 가장 행복했던 기간에 부산에 계셨던 엄마로부터 온 것이다. 두 딸이 도대체 뭘 해 먹고 사는지 걱정이었던 엄마는 된장과 속옷, 북어 등을 보내면서 이 편지를 함께 동봉하였다.

마늘-1~2알

설탕-1/2숟갈

고춧가루-1/2숟갈

냄비에 된장 2스푼, 물 적당, 고춧가루 1/2, 다시다 2/3를 양파 썰고 먼저 끓이다가 마늘, 설탕, 파를 넣고 미원 쪼끔 넣고 끓인다.

북엇국 끓이는 법.

북어 찢어 놓은 것 20개 정도.

무. 콩나물도 좋다.

파, 다시다, 마늘.

참기름.

마른 북어를 물에 먼저 3분 정도 담가 두었다가 손으로 흔들어 씻고 2번 정도 씻고 손으로 꼭 짜서 달군 냄비에 참기름 1스푼 붓고 볶다가 무도 함께 바둑판 모양으로 썰어 볶아 다시다 넣고 물 넣고 끓이다가 파, 마늘 넣고 간을 맞춘다. 알았나. 가시나들아. 뭘 해 먹고 사냐?

                                          1996. 1. 16. 멀리서 엄마로부터.

하늘나라에서 온 언니의 편지

사랑하는 엄마 딸들아 그동안 추운 날씨에
건강하게 잘지내고 있느냐 묻는다 마음이 우리에게
는 담대하며 밝고 명랑하길 바란다.
교만하지 말고 항상 겸손하며 하나님께
감사하는 마음 잊지 말고 교회를 다니며 하나님
말씀듣고 지혜롭게 아름답게 살기를 원한다.
오늘 반찬 몇가지 만들어 보낸다
딸 친구들과 나눠먹고 해라.
팬티 브라자 마음에 들지 않으면 다시 불러라
바꿔준다 했다. 여기 시장에선 다양하게 예쁜게
없어 많이 못사 보낸다.
형진이 등록금은 언제 붙이면 되느냐?
미국에 가는것 잘 생각해서 확실한 길을 정하도록
해라. 하나님도 잘 선택하며 잘알아 봐라.

어머니가 두 딸들에게 보낸 친필 편지(1996.1.16.)

된장 끓이는 법.
된장 2스푼,
다시다국 스푼,
양파 반쪽
고추 2~3개
마늘 1~2알
된장과 ○ 숟갈
고추가루 ○ 숟갈.

냄비에 된장 2스푼 물적당
고추가루를 다시다을 양파 썰고
먼저 끓이다가 마늘, 선땅, 파
를 넣고 마쳐 째란 넣고 끓인다.

빌려이 엄마로 부터.
1996. 1. 16.

북어국 끓이는 법.
북어 찢어 놓은것 20개정도
무후. 콩나물도 좋다
파. 다시다. 마늘
참기름.

안았다 가시나들아
먼 해먹고 사냐?

마른북어를 물에 먼저 3분
정도 담가 두었다가 손으로
흔들어 씻고 그런정도씻고
손으로 꼭 짜서 달군
냄비에 참기름 1스푼 넣고
볶다가 무후 한케 바둑판
모양으로 썰어 볶아 다시 더넣고
물붓고 끓이다가 파 마늘 넣고 건반말

어머니의 친필 된장찌개 레시피(1996.1.16.)

4. 어머니가 두 딸들에게2

사랑하는 두 딸아 보아라.[*]

밥은 제대로 챙겨 먹는지, 형진이 기침은 좀 어떠한지 함께 살면서 챙겨 먹이고 보살펴 주지 못하는 엄마 마음이 무척 괴롭구나. 우리 환경 탓하지 말고 우리보다 못한 사람들 쳐다보고 마음 위로받고 늘 하나님께 감사하며 밝고 명랑하게 부끄럽지 않은, 아름다운 삶을 살아가 주길 간절히 바란다.

보내 준 생일 선물 잘 받았다. 그리고 예쁜 엽서도 잘 받아 보았다. 편지 한 통의 글이 엄마 마음을 너희들에게 향하는 마음이 희망이 넘치고 힘을 북돋아 주는 것 같구나. 지금은 많이 피곤하단다.

형진이 직장문제로 몸도 건강도 아직 좋지 않은데, 무리하게 일하려고 하지 말고, 돈 걱정하지 말고 인격적인 대우 받고 일할 수 있는 데, 많은 시간 일하지 않는 데 소일 삼아 처음엔 다닐 수 있는 곳 직장을 구하여라. 요즘 사기꾼들 많이 있다.

조심 또 조심. 모든 일을 신중히 집에 와 다시 생각하고, 아니면 엄마한테 전화 의논도 자주 하도록 하여라. 약 부지런히 챙겨 먹고 선인장은 되도록 야구르트에 갈아먹고 건강관리 잘하여라. 그럼 이만 줄인

---

[*] 언니는 한국에 완전히 돌아와 엄마에게 더 이상 금전적인 폐를 끼치지 않고 경제적인 독립을 하고 싶어 했다. 그래서 직장을 구하기 위해 동분서주하였다. 엄마는 이를 걱정하면서 언제나처럼 돈에 대해 전혀 걱정하지 말고, 서두르지 않기를 바라는 마음으로 이 편지를 보냈다.

하늘나라에서 온 언니의 편지

다. 머리도 아프고 심신이 피곤하고 바쁘구나.

엄마로부터

1998. 8. 24.

5. 어머니가 두 딸들에게3

사랑하는 두 딸에게.[*]

메리 크리스마스!

새해에도 하나님과 함께 하며 축복과 은총을 가득 받길 바란다.

오랜만에 딸들에게 펜을 들었구나. 나의 마음속에 항상 온통 두 딸의 생각뿐이건만, 내가 무엇을 어떻게 하여 엄마로서 너희들에게 만족을 줄 수 있을까 생각하면서도 현실에 생활이 내 마음대로 할 수 없기에 때로는 마음은 뻔하지만 내 마음대로 하지 못하고 현재 환경에 억눌려 참고 살아야 할 때는 한두 번 참다가는 내 마음을 몰라주는 두 딸에게 화풀이로 신경질을 내며 야단을 치며 냉정했어야 했던 내 마음이 그러고는 뒤돌아보면 다시는 이러지 말아야지 하면서도 또 되풀이되는 나 자신이 원망스러울 때도 많이 있단다.

나의 이 아픈 삶을 너희 둘에게는 절대로 있어서는 안 되겠길래 이제 결혼을 앞둔 너희들에게 꼭 하고 싶은 말을 하고 싶구나.

형진아, 보림아, 꼭 부탁이다.

교회 열심히 다녀 체험하는 믿음을 가지고 하나님께 열심히 기도하여 응답받는 신앙, 믿음을 가져라. 그리고 주어진 것에, 현재 가진 것에 하나님께 감사 생활하면 마음이 늘 평온하며 기쁘단다.

---

[*] 이 편지는 언니가 일본에서 귀국하여 나와 함께 서울에서 지내던 시절에 엄마가 부산에서 보낸 편지다.

항상 내가 가진 것에 만족하며 나보다 못한 것에 비해 감사해라. 시기와 질투는 죽음을 가져온다.

훌륭한 언니를 둔 것에 감사하고, 훌륭한 동생을 둔 것에 감사하라.

그리고 또 부탁인데, 엄마와 같은 삶, 너희들의 외로운 생활, 부모와 떨어져 사는 삶, 이 모든 잘못된 생활들을 너희들 이세에 물려주고 싶지 않으면 교회에 열심히 다녀 하나님의 지혜를 얻도록 해라. 지식도 중요하지만 지혜 또한 중요하단다.

교회 다니는 청년 처음에는 조금 부족하고 미숙해 보이지만 나중 결혼 생활에는 여자가 편안하고 가정이 평안하고 축복받는 가정으로 하나님이 주신다. 믿음 생활 확실히 하여 어디로 가든 하나님과 함께하는 자녀로 확실히 인정받으면, 모든 사회생활에서 먼저 신임과 인정받는 것은 따 놓은 것이 된다. 이 험난한 세상에 남에게 인정을 받는다는 것은 큰 재물을 얻는 것보다 낫단다. 공부하고 생활하기 바쁘고 힘들겠지만, 너희들 계산과 생각으로 살면 세상살이 힘들지만 하나님 믿고 신앙생활 열심히 하면 생활이 즐겁고 힘들어도 기쁨이 있단다. 교회 열심히 다녀 담대하고 강한 믿음 키우길 바라면서.

부산에서 엄마로부터. 1998. 12. 23.

6. 어머니가 큰딸에게1

부산에서의 전보. *

30회 생일을 진심으로 축하한다.
하나님께 건강 달라고 우리 열심히 기도하자.
딸을 사랑하는 엄마로부터….

1999년 언니의 생일 날.

---

* 1999년 언니는 일본에서 돌아와 나와 함께 서울에서 지냈다. 엄마가 부산에서 언니의 생일을 축하
하는 전보를 보내왔다.

하늘나라에서 온 언니의 편지

형진이 보아라.*

반찬이 변하지 않을까 걱정이구나.

반찬은 빨리 냉장고에 넣고(반찬통에 넣어서 냉장고 보관).

1. 병에 든 것은 꿀에다 인삼, 들깨, 위에 좋은 약(한방약)을 갈아서 섞은 것이다. 보리차 물에 약간 따뜻하게 해서 1숟갈씩 타 먹으면 위에, 장에, 신경 안정까지 좋아진다. 마음에 안정이 되면 밥맛도 좋아진다.

2. 그리고 비닐봉지 가루는 미숫가루다. 미지근한 보리차 물에 설탕, 미숫가루 1숟갈~2숟갈 타서 먹어라. 아니면 위에 꿀, 인삼, 들깨 갠 것과 같이 타 먹어도 좋다.

3. 그리고 까만 비닐 2봉지에는 북어다. 1봉지를 물에 1번만 살짝 헹구어 꼭 짜서 놓고 물 1바가지 담을 냄비를 불 위에 달구어 참기름을 큰 숟갈 1숟갈 붓고 달달 볶다가 소금 약간, 양파 1개, 대파 1개를 넣어서 푹 끓여 국으로 먹으면 몸에 좋다.

밥 3끼만 꼭꼭 챙겨 먹어도 건강을 되찾을 수 있다. 부지런해야 건강

---

* 앞에서도 설명하였듯이 언니는 2022년 형진에서 다인으로 개명하였다.

을 유지할 수 있다.

　기도 생활 좀 해라.

1997. 7. 15. 엄마로부터.

8. 어머니가 작은딸에게1

효녀딸 보림이에게.

정성으로 보내 준 너의 편지 카드 잘 받았다.

편지통을 뒤졌을 때 네가 보내 준 커다란 빨간 봉투 정말 정말 흐뭇했단다.

엄마가 살아가는 보람, 행복감 한꺼번에 새삼 되찾은 것 같은 기분, 이 기분 누가 알랴.

보통 가정에서 부모 자식 간에 주고받는 편지보다 우리 3모녀 주고받는 편지 내용은 다른 가정에서 느낄 수 없는 느낌….

우린 누군가 우리 주위를 살짝 숨기며 혼자만이 살짝 펼쳐보는 짜릿한 느낌을 맛보는 즐거움도 때로는 괜찮은 것 같애. 한없이 자랑하고 싶으면서도 말 못 하고 엄마 혼자만이 훌륭한 두 딸을 소유하고 간직하고 있는 이 행복 정말 안 먹어도 배부르단다.

엄마 걱정일랑 돈 걱정일랑 조금도 말고 꿋꿋하게 명랑하게 주어진 일에 최선을 다해 열심히 살아가 주길 바란다.

지금 시간 밤 3시! 너희 둘 생각에 잠이 오지 않아 이렇게 펜을 들었단다.

모녀 상봉하는 날까지 안녕.

멀리서 엄마로부터 1993. 12. 20.

9. 어머니가 작은딸에게2

사랑하는 엄마 딸에게.

94년 한 해도 새해 복 많이 받으라.

엄마와 함께 설을 맞이하지 못해 몹시 마음 아프구나.

내년에는 언니도 함께하는 설이 되었으면 좋겠구나.

모든 일을 하나님께 맡기고 우리는 열심히 기도하자.

맛도 없는 부침개 부치면서 터미널까지 나오게 하는 번거로움을 줘서 미안하다.

엄마 딸아! 엄마 정성이니 맛있게 나눠 먹어라. 아- 듀-

1994. 1. 어느 날

10. 어머니가 작은딸에게3

엄마 효녀 딸아, 보고 싶구나.

항상 옆에 두고 보아도 싫증나지 않을 우리 딸을 멀리서 이렇게 항상 안타까운 마음으로 살아야 하는 얄궂은 생활, 언제 우리 옛날같이 한 울타리에서 살아 볼꼬.

아니지, 이렇게 훌륭한 딸들을 멀리서나마 지켜 바라볼 수 있는 것만도 하나님께 감사하며 살아야지.

그렇지, 엄마 딸아….

반찬 조금 해서 언니랑 똑같이 보낸다. 또 먹고 싶은 것 있으면 주문해라.

항상 밝고 명랑하게 지혜롭게 아름답게 살아라.

멀리서 엄마가.

1995. 5. 12.

11. 어머니가 작은딸에게4

보고 싶은 엄마 딸에게.*

밝고 천진스런 효녀 딸아. 즐거운 메리크리스마스가 주님과 함께하길 바란다.

기쁜 성탄절을 맞이하여 엄마가 너에게 가죽 사파리 잠바와 티 3장 선물을 보낸다. 소중하게 잘 입길 바란다. 일본에서 일 년간의 생활이 보람 있는 하루하루가 되길 바라며 덕과 지식을 많이 쌓기 바란다. 위장약은 병원에 가서 꼭꼭 챙겨 먹고 하루속히 치료하면서 밥은 굶지 말고 먹도록 해라.

3월 달 방학 때 언니랑 꼭 와서 놀다 가도록 해라. 일요일 날 가까운 교회 꼭 다니도록 해라. 엄마 부탁이다. 그럼, 즐거운 크리스마스가 되길 바라며….

1995. 12. 20.

멀리서 엄마로부터.

---

* 이 편지는 1995년 크리스마스를 일본에서 보내고 있었던 내게 엄마가 보내 준 크리스마스 카드의 글이다. 건강관리 주의와 더불어 언니와 함께 3월(일본은 3월이 방학임) 달에 꼭 나오기를 바라는 엄마의 심정이 담겨 있다.

12. 어머니가 작은딸에게5

보고 싶은 엄마 딸에게.[*]

추운 날씨에 건강한 몸으로 잘 지내고 있니? 언니도 없고 조금 허전하고 쓸쓸할 것 같아 엄마가 편지 보낸다.

학교생활은 즐거운지, 좋은 친구들 많이 사귀었는지, 항상 밝고 즐거운 마음으로 순수하게 야무지게 살아가는 엄마 딸을 생각하면 마음 깊은 곳에서 늘 감사하는 마음, 고마운 마음, 기쁜 마음이 넘친단다.

이 못난 엄마가 무슨 힘이 있으며 지식이 있다고 너희 둘을 그 자리에 서기까지 훌륭하게 키울 수 있었겠니. 다 너희 둘이 엄마 마음을 헤아려 착하게 야무지게 살아가 주니 얼마나 고마운지 늘 마음이 즐겁구나.

항상 말하지만 우리 3모녀가 이렇게 평안한 삶을 살기에는 다 하나님 은혜며 축복으로 생각하고 늘 하나님께 감사하는 마음 잊지 말고 쉬지 않고 기도하길 바란다.

보림아, 학교 다닐 때 열심히 공부하고 전공과목 확실한 공부 하도록 하여라. 대학 4년 얼렁뚱땅 눈 깜박할 사이 지나가니 허송세월 보내지 말고 열심히 해라.

머리 싹 올려 빗고 항상 밝고 즐거운 생활 주 안에서 지내길….

준비기도 주일날 교회 가서 열심히 기도하길 바란다. 엄마는 새벽에

---

[*] 이 편지는 일본 쯔쿠바에 내가 교환학생으로 있을 때 엄마가 내게 보낸 것으로, 평소에 나와 언니를 얼마나 자랑스럽게 생각하고 있는지를 보여 주는 글이다.

항상 교회 가는데 주일 날 낮 예배 하루 안 가서 되겠니? 교회 꼭 다니
도록 해라. 그럼 추운 날씨에 건강 주의하고 문단속 잘하고 밥 꼭꼭 챙
겨 먹어라.

1996. 1. 26. 멀리서 엄마로부터-

하늘나라에서 온 언니의 편지

13. 동생이 언니에게

언니에게….*

서울은 장마가 거의 끝나고 무더운 여름으로 한 걸음 들어왔어.

부산은 아마 서울보다 더 무더위가 먼저 찾아왔을 것 같은데, 어떠한지?

엄마가 편찮으시다는 말을 듣고 많이 걱정했는데,

그래도 언니가 옆에 있어서 다행이야.

엄마의 말씀으로는 "효녀 딸이 됐다"고 하는데,

밝은 언니 목소리 들으니 정말 그런 것 같아.

오전 5시 30분에 일어나는 하드 트레이닝을 위해 운동화를 보내니,
많이 먹고 운동도 해서 건강을 빨리 되찾기를…. (하지만 무리한 운동은 피하길…)

더운데 열심히 일하시고 늘 웃음을 잃지 않는 엄마께도 내 안부를 전해 주길….

그럼 또 빠른 시일 내에 얼굴 보기를 기대하며….

1998. 7. 23. 목요일 오후 12시

---

* 이 편지는 1998년 완전히 귀국한 언니가 잠시 서울을 떠나 부산에서 엄마와 함께 지내는 시기에 내가 언니에게 보낸 안부 편지다. 우편 소인이 찍혀 있고 뜯어져 있어 언니가 읽고 소장했을 이 편지가 내게 있는 연유는 잘 기억이 나지 않는다.

연구 계획서 쓰느라 몸도 마음도 지쳐 버린 언니의 baby

dragon으로부터…

^^그래도 무사히 다 써서 다행이야. 이제는 Waiting하는 것만 남았

으니… 히히히…(긁적긁적)

하늘나라에서 온 언니의 편지

14. 서울에서 뉴욕으로 떠나는 동생에게

　사랑하는 나의 동생 보림이에게….*

　누군가 그랬지. **'떠남은 언제나 새로운 出發을 의미하는 거라고….'**
그간 여러 가지의 난관과 장애가 있었지만 하나님의 축복 속에서 이
렇게 '멋진 시작'을 할 수 있게 된 내 동생이 언니는 이 순간 너무 감격
스러울 정도로 자랑스러움을 느낀다. 한국을 떠나 미국 New York에
서도 언제나 中心을 잃지 않는 맘으로 많은 것을 얻어 오기 바라며, 한
번 더 너의 영혼과 양식이 성장하며 배울 수 있게 되기를 언니는 간절
히 바라 본단다. 언제나 어느 곳에나 항상 너를 응원하며 Feedback해
줄 수 있는 든든한 너의 지원군, 우리 가족들이 있다는 것을 잊지 말
고, 他地에서 건강을 제일 처음으로 생각해라….

　→ 그간 정신없이 바쁘게만 달려왔던 너의 시간들에 대한 진정한 의
미의 휴식이라 생각하고 편안한 心으로 쉬고 돌아온다고 생각하기를
바라….

2009. 3. 8. 밤. 언니로부터♡

꼬옥 잘 다녀와…

---

* 이 편지는 내가 2009~2010년 1년간 미국의 콜롬비아 대학교의 객원교수로 떠나기 전날 아마도
비행기에서 읽어 보라고 내 손에 쥐여 주기 위해 쓴 사랑이 많은 언니의 글이다.

15. 뉴욕에서 서울로 떠나며 동생에게*

　보림아, 이 글을 읽을 즈음이면 엄마와 나는 뉴욕을 떠나는 비행기에 몸을 싣고 있겠지. 他地로 떠나는 여행이기에 두려움과 설레움이 교차하는 감정이었지만 네가 세워 준 Perfect한 스케줄과 배려 덕분에 우리는 너무나 이번 뉴욕 여행에 만족을 느끼며 떠날 수 있게 되었단다.

　사랑하는 보림아, 앞으로 두 달간 더 뉴욕에 체재해야 하는 너의 입장에서 이곳의 생활을 정리하는 일과 돌아와서의 일 등이 여러모로 걱정이 되겠지만 우리가 항상 너를 위해 간절히 기도하고 있고 하나님의 Back을 도움 받아 모든 일들이 다 잘 풀릴 거야. 하나님은 우리가 있는 이곳에 작은 천국을 이루라고 하였단다.

　늘 현재에 감사하며 즐거워하며 살 수 있는 우리 동생이기를 바라며, 어떠한 어려움과 역경이 닥쳐와도 쓰러지지 않고 오히려 더 큰 힘을 발휘하며 앞으로 전진해 나갈 수 있는 힘이 있음을 조엘 오스틴 목사님의 책에서 많은 삶의 지혜를 터득하길 빌며, 늘 건강에 주의하며, 남은 시간을 유효하게 잘 지내고 정리하고 올 수 있기를 바란다. 그리

---

*　언니는 내가 콜롬비아 대학교에서 객원교수로 재직할 당시 어머니와 함께 뉴욕을 방문하여 크리스마스 시즌을 포함한 10여 일 동안을 함께 지냈다. 즐거운 시간을 보내고 떠나면서 귀국할 때까지 수개월이 더 남았던 나를 걱정하는 마음으로 이 편지를 썼다. 언니 역시 일본 유학 중 내가 방문하고 떠난 후에 느끼는 허전함을 잘 알기에 이런 편지글을 남긴 것 같다. 언니는 정말 정이 많은 '나의 언니'였다.

고 어긋난 인연에 연연해하지 말고 앞으로 나아가….

너를 늘 사랑하는 언니로부터.

2009. 12. 25.

에필로그: 가시 없는 장미처럼 살다 간 나의 언니, 김다인

언제나 삶의 열정과 지성, 그리고 순수함을 추구한 김다인
(어느 화창한 날 인천공항에서)

내 아버지의 집에 거할 곳이 많도다. 그렇지 않았으면 내가 너희에게 이르렀으리라. 내가 가서 너희를 위하여 처소를 예비하면 다시 오리라 그리하면 나 있는 곳에 너희도 있게 될 것이니라(요한복음 14:2)

모든 눈물을 그 눈에서 닦아 주시니 다시는 사망이 없고 애통하는 것이나 곡하는 것이나 아픈 것이 다시 있지 아니하리니 처음 것들이 다 지나갔음이러라(요한계시록 21:4)

하늘나라에서 온 언니의 편지

하늘나라에서 온
언니의 편지

ⓒ 김보림, 2024

초판 1쇄 발행 2024년 5월 19일

지은이   김보림
펴낸이   이기봉
편집   좋은땅 편집팀
펴낸곳   도서출판 좋은땅
주소   서울특별시 마포구 양화로12길 26 지월드빌딩 (서교동 395-7)
전화   02)374-8616~7
팩스   02)374-8614
이메일   gworldbook@naver.com
홈페이지   www.g-world.co.kr

ISBN   979-11-388-2941-0 (03810)